23時の豆皿ごはん

石井颯良

目次

第一話　幸福は皿の形をしている

——あぁ。ただただ、お腹が空《す》いた……。

「たっかなっしー！　ナッシー!!　ありがとう！　応援に来てくれて、本当に本当に本当に助かったよ！　神、女神！　大権現!!」

いつもより数倍テンションの高い種崎《たねざき》先輩に、山を越えたことがわかった。

あと数日に迫った浮世絵の展示会を前に、猛威を振るった感染症がチームを襲った。余裕のある部署などない。手が空いた人に短時間でも、と有志を募っていたが、最後の三日は帰宅することなく、徹底的に付き合ってしまった。

「お役に立てたなら何よりです」

内心げっそりしながら、首を振った。今日はこのまま帰ることができる。明日も午前休を取ったので、ゆっくりと休んで……。そこで、思考が停止した。

二八そばの屋台、鰻《うなぎ》の辻《つじ》売り、刺身を造る美人。浮世絵に描かれたごはんは、どれもこれも美味《おい》しそうだった。

仕事の憂さを、食べることで解消しよう。今ならきっと……。

そう決めた時に、声がかかった。

「ひとまず手が離れたことだし、決起集会で飲みに行こう!」

種﨑先輩の声に、うおぉぉと雄叫《おたけ》びや咽《むせ》び声が聞こえる。間に合わないという最悪の結果が目前にあっただけに、喜びも一入《ひとしお》といったところだろう。

「ナッシーは……」

ちらと向けられた先輩の視線に、私は目を泳がせる。憂さ晴らしに食べようとは決めたけれど……、

「あの、私はちょっと、その、用事が……あって、」

これでは、言い訳だと丸わかりじゃないか。

種﨑先輩や、チームメンバーが嫌いなわけじゃない。それでも、正直に言うほど言い訳に聞こえてしまうのではと、自分で線を引いてしまう。

睡眠不足と疲労でいっぱいの頭では、上手《うま》い言葉が出てこない。

ぼんやりとしてしまった私に、種﨑先輩は開いた手の平をこちらに向けた。ひらひらと揺らされた指に誘われて、触れるようにハイタッチをする。

「自分のタスクもあるのに、三日間もありがとう。今日はゆっくり休んで、またいつ

か付き合ってね！」

　ぱっちりとウインクを決めて、すぐに皆のもとへ戻っていく背中を見つめていると、彼女はぼさぼさになった髪をさりげなく結い直していた。

　いつだったか、ポロッと自分のコンプレックスについて話したことがある気がする。そんな些細《ささい》なことを覚えていてもおかしくないのが種崎先輩だ。

「お疲れ様でした。お先に失礼します」

　ペコリと頭を下げ、ささっと部屋を後にする。

　私だって、出来ることならあの中に交ざりたい。けれど、勇気が足りない。

　気まずい気分で足早に駅へ向かった。

　自宅の最寄り駅の改札を出たところで、私は気合いを入れ直す。

　表通りから路地まで大小さまざまな飲食店が立ち並ぶ道を、ゆっくりと進んでいく。

　個人の営む店や小さな店には入りづらい。カフェ、居酒屋、イタリアン、ファミレス……目立たずに食べられるのは、そのあたりだろう。

　深夜のグルメドラマのおじさんのように、メニューを吟味しながら帰路を辿《たど》る。

　焼肉のようなガツンとしたものは、すぐに胃もたれしそうだ。激務明けには、身体と心に優しいごはんがいい。それでもって、いろんなものが味わえる……そんな夢のような店はないだろうか。

ぼんやりと考えながら、飢えた獣のような視線をあちこちに向けるが、そもそも私の条件を叶《かな》えてくれる店があれば、とっくに通っているだろう。

極端に食べる量が少なくても、残さずに食べきることができ、温かく迎えてくれる
——そんな夢のような店。

少食の私にとって、食事について考えることは負担が大きい。けれど、美味しいものを食べることは好き。食べるものを厳選しなければならないからこそ、食欲が湧いた時の食事はとても大切なのだ。

朝晩通っている道に、そんな都合のよい店が急に現れることもなく、選ぶ基準は「優しくて少量でも食べられる美味しいごはん屋さん」から「少量を美味しく食べられるお店」に変わり、「残さずに食べられるお店」へと、次第にハードルが下がっていく。それでも決めかねて、重い身体を引きずったまま、自宅前でため息を吐いた。

家の冷蔵庫には、お酒とお茶ぐらいしかない。

仕方ない。荷物を置いたら、今日もコンビニで何か適当にお腹を満たせるものを買って済ませるか……。諦《あきら》めのため息を吐いて、鍵《かぎ》を取り出したところで、

「ぅわぁぁあああああっ!!」

突如響いた叫び声に、身体が跳ねた。

すぐ近く。隣の部屋から聞こえている。

お隣さんは、今年の春に越してきたばかりの人で、姿を確認したことがない。ドアに下げてあったお菓子には、ご丁寧に手紙が添えられていたし、時折聞こえるドアの開閉音や生活音が静かだから、いい隣人でよかったと安堵《あんど》していた。

何があったのか。事件か、事故か。

疲れ果てた脳みそは、重くなったパソコンのようにノロノロとしか動かない。

どう行動するべきか。……すぐにこの場を離れる、自宅に入る、コンビニに行ってごはんを買う……？

RPGゲームのように選択肢が浮かぶが、決断の前に隣室から男が転がり出てきた。

何事かと視線を向けると、目が合ってしまった。

いくつか年下だろうが、穏やかそうな青年だ。

脳みそは警鐘を鳴らしている。けれど、頭がぼんやりとしすぎて、帰路から考え続けてきたごはんのことしか思い浮かばない。

そうだ、コンビニで何かを見繕ってこようと思っていたんだった。まずは通勤バッグを部屋に置いて……。

私はノロノロと鍵をドアに差し込む体勢に移るが、

「た、たすけてください」

お隣さんに縋《すが》るような目を向けられた。

彼の身に、本当に困ったことが起きているのだとはわかる。

だけど、私だって、本当に体力と思考の限界なのだ。

ここで見捨てたら人でなしだろうか。そもそも、私がどうにかできることなのか。迷っていると、彼は廊下を這《は》うように近付いてくる。なんだか、ホラー映画みたいだ。しかし、彼はおよそホラーからは遠い言葉を呟《つぶや》いた。

「ね、ねこ……」

頭の中には、ポンポンと疑問符が並ぶ。

「……動物の猫で合ってますか？」

彼は必死の形相で、ガクンガクンと頭を振るように頷《うなず》いた。

「部屋に、猫が入ってきたんです!!」

……そういえば、浮世絵のイベントの手伝いで、猫好きの絵師の作品を集めたコーナーがあったたな、誰だっけ……確か……、

「そうだ、『うた川《がわ》』！」

歌川国芳《うたがわくによし》の名前から、近所の小料理屋さんの外観が浮かび上がった。まるで天啓のようだ。

『うた川』は、家から歩いて数分の場所にある小料理屋だ。一度だけ意を決して入ったことがある。一品一品が上品で、前菜から手が込んでいた。一皿の量はさほど多く

ないけれど、私は二、三品頼めばお腹がいっぱいになってしまう。客単価も少なく、食べきれずに残してしまったという後悔から気が引けて、それ以来行けていなかった。

けれど、今日ぐらいは自分を許そう。

あんなに仕事を頑張ったんだから、今日ぐらいは。

注文を吟味して、なるべく残さないようにして、なんなら持ち帰る相談をしたっていい。

そう考えている間にも、お隣さんは怒濤《どとう》の勢いでしゃべり続けている。

「僕、猫だけはダメで。遠目では大丈夫なんですけど、昔襲い掛かられて――」

「部屋から追い出せばいいんですね」

うた川でごはんだ。猫ちゃんを部屋から出して、一刻も早く店へ向かおう。

失礼と彼に声をかけて、部屋を覗《のぞ》きこむ。窓際に、サビトラが座り込んでいた。私を見て、ニャーと挨拶《あいさつ》のように鳴く。人懐こそうだが、お隣さんは、びくりと大きく身体を揺すっていた。

野良猫や地域猫ではなさそうだ。抱き上げても、嫌がるそぶりはない。

「ごめんね。おうちに帰れるかな？」

開いた窓枠に乗せると、猫は「邪魔したな」というような一瞥《いちべつ》をくれて、自ら暗闇に消えた。念のため、窓を閉めて鍵をかける。

「出ていきましたよ」

彼は心底安堵したように、長い息を吐き出した。そして、満面の笑みで私を見上げてきた。人を疑うことのなさそうな無邪気さだ。

「本当にありがとうございました」

さっと立ち上がった彼は、恐る恐る部屋を覗きこんだ。

「いえいえ、こちらこそ助かりました」

お隣さんは不思議そうに目を丸くするが、おかげさまで行くべき店が決まったのだ。にやつきそうになる頬を、軽く叩《たた》く。

「じゃあ、私はこれで――」

踵《きびす》を返したところで、カクンと後ろへ手が引っ張られる。振り向くと、お隣さんがキラキラした眼差《まなざ》しを向けていた。

「……まだ何か？」

用事は済んだはずだ。私は一刻も早く口福を味わって、ベッドへ寝転がりたいのだけど。

「お礼をさせてください」

「お礼って。別に猫を家から出しただけですから。気にしないでください」

「いえ、ほんっっっとうに助かったんです。何かしないと気が済みません」

店選びのヒントをもらって、こっちだって助かった。さらに何かしたいのであれば、手を放してくれるだけで十分だ。

何かお礼を・いらないのやりとりで、手がぶんぶんと揺れる。

引く様子のない彼に、「感謝の気持ちがあるなら、今すぐに手を放して『うた川』に行かせて！」と叫びたくなるのを必死にこらえる。

好きな店に好きなタイミングで入れる人にはわからないんだ、この勢いの大切さが。きみのような食べ盛りの男子には、少食民の気持ちなんて――……、

「たべざかり……？」

改めてまじまじとお隣さんを見る。

社会人には見えない。大学生かフリーター、そんな雰囲気だ。中肉中背という感じではあるが、袖《そで》から覗く腕には、そこそこの筋肉が付いている。

……この子を『うた川』へ連れていけば、残す心配もなく、好きな料理を好きなだけ注文できるんじゃない？

頭の片隅で、「そんなバカなこと考えるんじゃない」という冷静な声が聞こえ、それを押しのけるように「それしかない!!」と興奮する声が掻《か》き消した。

猛《たけ》るような食欲と、食べ物を残すことの罪悪感。目の前にはそれをすべて解決してくれそうな人。

「……きみ、ごはんいっぱい食べられる人？」

「え……人並みか、それより少し多めには」

決定だ。

「じゃあ、今からごはんに付き合ってくれない？　お礼はそれでいいよ」

「えぇと、はい。それは大丈夫ですけど、今手持ちがあまりなくて」

「いい。奢《おご》るから。きみは私の残すものを食べてくれるだけでいいの」

それだけ告げて、踵を返す。一直線に駅への道を戻ると、お隣さんも律儀に並んで付いてくる。食べたいものが食べられると思うと、気持ちと一緒に足も速くなった。


カラリと店の引き戸を開けると、「いらっしゃい」と女将《おかみ》さんの落ち着いた声が響いた。「二名です」と伝えると、すぐに席を案内してくれる。座敷も空いていたが、寛《くつろ》ぐよりも食欲を満たしたい。

テーブルに備えられた達筆な書付を手に取った。定番メニューはもちろん、本日のおすすめも逃しがたい。

「私の残りも食べてもらうけど、食べたいものは遠慮せずに注文していいからね」

お隣さんは書付を見ようともせず、戸惑った様子で店内にチラチラと目を走らせている。

気にせずに目に留まったメニューをいくつか決めた。

「成人は……してるよね。日本酒は飲める？」

彼が焦ったようにこくこくと頷くのを見て、私は女将さんを呼んだ。

「だし巻き玉子と菊芋のきんぴら、まぐろのタルタル、本日のおすすめから刺身の三点盛りと春野菜の炊き合わせを。あと、温《ぬる》めの燗《かん》とお猪口《ちょこ》を二つお願いします」

一気に注文を告げると、ふー、っと感嘆の息が漏れる。

いつも外食する時は、小皿の料理でも二つ頼めば満腹になってしまう。だから、吟味に吟味を重ねて、断腸の思いで選び取る。

それが、今日は何ということでしょう。迷うことなく、気になるものを片っ端から頼むことができてしまうのです。

千載一遇の機会を逃してなるものか。お金のことなど気にせず、メニューの大人買いに挑む覚悟を決める。

すぐに届いたお酒をいつものように手酌で入れようとすると、お隣さんがさっと注いでくれる。「お疲れさまです」と彼は呟《つぶや》き、そっと盃《さかずき》を向けられた。私もそっと合わせるように持ち上げる。新鮮な気持ちだ。

「ずいぶんと手慣れてるね、お酌するの。よく飲むの？」

「そうですね、教授によく付き合わされたり、調査地で飲まされることもありますし。

機会は多い方かもしれません」

盃を口に近付けると、ふわりと花のような香りが届く。やっと仕事から解放されたという実感に至った。

「学生さんなの？」

「大学院ですけど。青葉《あおば》大学で民俗学を専攻してます」

「そうなんだ。それでフィールドワークに行ってるんだね」

お隣さん曰《いわ》く、自分の論文のために話を聞きに通っている土地があるという。それ以外にも、教授や友人の調査を手伝ったり、アルバイトや授業の補佐などでもあちこちに赴いているらしい。

学生でありながらも、研究者見習いという中途半端な立場なのだと、彼は苦笑する。

「将来は、大学の先生になりたいの？　それとも学芸員？」

「そうですね、学芸員になれたら御の字ですけど、そうでなければ観光系のシンクタンクを志望してます。険しい道なので、就活をしながら後期博士課程の試験を受けるって感じですね」

「忙しそうだねぇ」

そうこう話しているうちに、まぐろのタルタルと炊き合わせが届く。

まぐろのみじん切りが、キラキラと輝いており、それにサンドされている野菜たちは、緑や紫と色鮮やかだ。宝石かケーキを目の前にしたように心が躍る。しばし断面の美しさに見惚《みと》れてから、箸《はし》をそっと入れて、一口分を自分の皿に運ぶ。

皿をお隣さんに差し出した。

「あとはどうぞ」

一部分だけが小さく欠けた円と私を、彼は一度だけ見比べた。けれど、その一度で自分が呼ばれた理由を改めて理解したようだ。

彼は小さく頷《うなず》いたあとに、言いづらそうに口を開いた。

「あの……肉系も頼んでいいですか？」

「どうぞ遠慮なく。食べられる限りで満腹になってください」

彼は書付をようやく手に取り、熟読し始める。私はそれを横目に、タルタルを口に運んだ。

無作法ではあるが、ちょびちょびとまぐろだけ、野菜だけと分けて食べてみる。

まぐろは、たたきではなく、みじん切りにされているところにこだわりを感じる。弾力のある食感と、とろけるような脂が口の中に広がり、噛《か》むほどに美味《おい》しくなっていく。もしかして、複数のまぐろの部位が使われているのではないだろうか。野菜は、紫玉ねぎやパプリカ、ズッキーニなどがアボカドのペーストで和えられていた。これだけでお酒のつまみになるだろうし、焼いたバゲットに載せても美味しそうだ。

すべてを合わせると、ねっとり・トロトロ・しゃきしゃきの三位一体が口の中に広がる。天才的なバランスで組み立てられた料理だった。

一品目からこんなものを食べられるなんて、幸先のいいスタートだ。

感動に吐息を漏らしていると、注文を終えたお隣さんもタルタルに箸を付けた。

きれいな箸使いで、ほとんど円だったものが一気に三日月に姿を変えた。それを見て、彼を連れてきたことに間違いはなかったという満足感と、言い知れぬ不安が胸を過《よ》ぎる。

そういえば、誰かの食べる姿を真正面から捉《とら》えるのは、いつぶりだろう。

嫌な感じはしない。好きなものを好きなだけ食べられる奇跡と同じぐらい、白昼夢でも見ている気分だ。

タルタルを食べ終え、次に目をやる。

炊き合わせは、色鮮やかだ。天辺《てっぺん》に添えられた木の芽が、春の到来を感じさせてくれる。

タケノコとにんじんを選んで、自分の皿に取った。一瞬戸惑って、おずおずと皿をお隣さんの方にずらす。彼がにこりと笑みを作って、頭を小さく下げてくれたことに、心が軽くなった。

しっかりとあく抜きのされたタケノコは、パリッとした歯ごたえが楽しい。色はきれいなクリーム色なのに、甘めの出汁《だし》の味がしっかりと染みている。にんじんは素材そのものが甘い。一口サイズなのに、噛んでいる感触のないほど柔らかい。こちらは素材の味が強いからか、出汁の味は控えめだ。すべて別々の出汁で煮ているはずなのに、一つの料理として仕上がっている。

プロの業に、思わず唸《うな》った。

なんて幸せなんだろう。疲れた身体がどんどん癒されていく。

お隣さんはさやえんどうを口へ入れ、もぐもぐと幸せそうに頬張った。

「近くにこんなお店があったなんて知りませんでした。まあ、こんな機会でもないと、入れなかったとは思いますけど」

「へ、え、あぁ、私も二回目だけど、学生さんには入りづらいかも」

自分が学生の頃は……、と比べるのも難しい。その頃には、すでに誰かと食事をすることなんてほとんどなかった。一度だけ行ってみた飲み会も、さんざん少食を揶揄《やゆ》されて逃げるように帰った。

いやいや。せっかく美味しいものを気負いなく食べることのできる場なのだ。嫌な記憶を引っ張り出す必要はない。

女将《おかみ》さんが次の料理を持ってきてくれたタイミングで、話題を変えた。

「民俗学って、どんなことを勉強してるの？　さっき観光のシンクタンクって言ってたけど」

民俗学と言われて頭に浮かぶのは、妖怪《ようかい》だとか古い因習だとか、そんなオカルトめいたものばかりだ。漫画や小説からのイメージだろう。

お隣さんは、なんと説明したものかと、少し悩むそぶりを見せた。

「その土地のことや生活を書き留めていく学問です。『当たり前』や、自然と受け継いでいるものって、なかなか自分たちでは気付けないでしょう？　文化財の登録の手伝いなんかもしますし、郷土史に関わることもあります。第三者が土地のことを知ることが魅力を再発見することにも繋《つな》がりますから、観光とも親和性があるんですよね」

頭の中に、お雑煮文化の違いや東西の味の境目など、情報番組で見たことのあるようなものが浮かぶ。なるほど、自分にとっての当然と他人にとってのそれが、必ずしも一緒とは限らない。

違いを知るということは、改めて自分を知るということでもあるのだ。

「大事な仕事をしてるんだね」

「地味な作業ばかりですけどね。その……なんのお仕事をされてるんですか？」

「広告代理店の営業」

「すごっ、花形職ですね」

苦笑を返す。華やかな世界に見えるかもしれないが、地道な作業が多いのはこちらも同じだ。

「すごい人も確かにいるよ。でもね、そういう人は資質があるんだよね。発想力とか、コミュニケーション能力とか。それでもって、能力の活かし方も上手《うま》いんだよね」

会社にいると、自分が如何《いか》に平凡かを、身をもって知ることばかりだ。それに加えて、会食に付き合わないということで、同僚との間には越えられない線がある気がしている。

営業の仕事は、広告の枠を売るという範囲に留《とど》まらない。宣伝やマーケティングだけではなく、クライアントの事業戦略に関わったり、それこそ町おこしのようなプロジェクトを発足させることもある。

プロジェクトが始まると、様々な部署から集められた人材でチームを組む。営業は核であり、パイプ役であり、推進力だ。チームの信頼を得なくてはいけないのに、マネジメント能力が圧倒的に足りていないと実感する。

関係性が悪いわけではない。けれど、休憩を雑談しながら過ごすような、悩み事を相談してくるような同僚はいない。

食事は、欲や健康だけに必要なわけではない。現代では、人間関係を築く重要なツールの一つだ。歓迎会しかり、合コンしかり。「同じ釜《かま》の飯を食う」という言葉の通り、共に食べるという行為は、手っ取り早く距離を縮めるために大切なのだ。

こんな職業に就いていていたら、なおさらのこと。

　自分に足りていないものが「共食」ということだけではないことはわかっている。けれど、最初の一歩が踏みだせないのだから、私からコミュニケーションを拒絶しているようなものだ。

「……私には向いてない職種だったのかも」

　菊芋のきんぴらを摘《つ》まむ。思い描いていたような細切りではなく、具材は拍子形に切られている。その分噛み応えがあり、周りはほっくり、中はしゃくしゃくと心地いい歯ざわりだ。薄めの味付けだけれど、素朴な甘みの後に、ピリリとしたほどよい辛味を感じる。飾りの糸がらしの他に、どんな隠し味がされているのだろう。

　これほどの料理を作ることができるようになるまで、どれほどの研鑽《けんさん》を積んだのだろうか。仕事を始めて十年も経っていないのに、へこたれている私が甘いのかな。

「一人で行動することに抵抗がないのも、問題なのかなあ。仕事の内容にも職場に不満はないけど……、なんか、こう、皆との間に壁がある。透明な空気の壁」

　空《す》きっ腹に日本酒を入れたから酔っぱらってきたのか。いつもより口が軽くなっている自覚はあるが、ぼやきが止まらない。

　同僚たちとの会食は、いま目の前にいる男のように、どうでもいい、継続する必要のない相手に、余り物を押し付けて食べるのとはわけが違うのだ。誘うことも、誘いに乗ることも、考えるだけで緊張して胃がキリキリとする。

「向いていないって検討できることは、十分向き合ってる証拠だと思います。大学院に残ってまで勉強して、研究職を目指しているのに、僕は自分が民俗学に向いているのかなんて考えたことがありませんでした」

慰めるでもなく、説き聞かせるでもない。ただ自分の思いを呟《つぶや》いたようなお隣さんの言い方が、心にスッと染み入ってくる。

彼はだし巻き玉子を箸《はし》で一口サイズに切って食べているが、あっという間に口の中に消えていく。ガツガツしているようには見えないのに、食べっぷりがいい。

初対面のお隣さんは、私の少食に対して何も言ってこない。食べ方もきれいだし、美味《おい》しそうに食べるし、変な気遣いもさせない。一人で食べているように気楽だし、一人の時よりも自由を感じる。なんだろう、この不思議な居心地。

「それでも続けてるのは楽しいから？」

「そうですねぇ……」

彼は手を止めて、一度箸を置く。盃《さかずき》に唇を当てながら、考えをまとめているようだ。

「調査地でも、そんなこととして何になるんだって、民俗学なんて役に立つのかって聞かれることがあるんです。日本は識字率も高いし、ＳＮＳで遠くのことだって手元で知ることができる。それでも、現地に行かないとわからない『当然』や、いまだに口承で伝わっていることもあります。誰かが書き残しておけば資料として残るし、残さなかったら消えてしまう。いま役に立つものでなくても、残しておくことに意義があると思っています。単純にやっていて楽しいっていうのもあるんですけど」

照れ隠しのようにもう一度盃を呷《あお》った彼が、煌《きら》めいて見える。

いいなあ、羨《うらや》ましいなあと思ってしまう。

私が興味を持ったと思ったのか、お隣さんは楽しそうに話を続ける。調査で飲まされると言っていたから、話しながら食べることに慣れているのかもしれない。きれいに食べながら、器用に話す。私にはない技術だ。

時々彼の背景が垣間《かいま》見える話題を挟みながら、専ら調査地のことや、そこであった出来事を面白おかしく話してくれる。年中行事などの日常トリビアが興味深い。

ふと気付くと、注文した品はすべて届き、残りも数皿ほどになっていた。

「私のめぼしいものは頼んだから、他に好きなものがあったら気にせず頼んで」

品書きを改めて差し出すと、お隣さんは戸惑いながら受け取った。

「もう十分いただきましたし……」

お腹がいっぱいというようには見えない。おそらく金銭的なものを気にしているのだろう。けれど、奢《おご》ることに言及すれば、却《かえ》って彼に気遣わせてしまいそうだ。

「お肉の料理が好きなら他にも、あ、ごはんとかメならこっちのほうに載ってるみたい。どういうのが好き？　まだまだ食べ足りなそうに見えるけど」

テーブルの上が少しずつ寂しくなっていても、彼の食べる勢いに陰りは見られない。それどころか、流暢《りゅうちょう》に話しながらも、あっという間にお皿がきれいになっていく。自分とはあまりに格が違い過ぎて、彼の口の中に料理がどんどん消えていくのを見ているのが楽しくなってきた。

ここまで気持ちよく食べてくれると、食べている姿も肴《さかな》になるのだと感心しきりだ。先ほどの肉料理以外の注文をしないところにお隣さんの遠慮を感じるし、店の雰囲気に呑《の》まれている様子もある。けれど、ここまで楽しませてくれて、誰かと食卓を共にするという奇跡を起こしてくれたのだから、時価だろうがなんだろうが、遠慮せずに食べきってもらいたい。

滑稽《こっけい》なほどに不思議な状況だけれど、これでは「お礼」のもらいすぎだと思うほどに、私は満足感でいっぱいだった。

「いえ、特別に好きな料理っていうのもないですし」

目を瞬《しばたた》いた。これは彼の遠慮なのか、冗句なのか。

箸が止まることはなかったけれど、もっと大衆居酒屋的な濃い味付けの方が好きだったのかな。上品な『うた川』の料理では、物足りなさを感じていたのかも。でも、美味しそうに口の端が上がるのは、作り笑いではないように見えた。

「あまり好みじゃなかった？」

彼はぶんぶんと首を横に振った。

「どれも美味しかったです!! 自分では思いつかないような組み合わせとか。すごく勉強にもなりました！」

力強い主張は、嘘ではなさそうだ。

私はうーんと悩みながら、ほとんど空になったお皿を指していく。

「特別に好きなメニューではなくても、甘辛い味付けが好きなんでしょう？ 南蛮漬けとか、きんぴらは殊更味わって食べてるみたいだったし」

そして、書付を見ながら、彼の好みそうなメニューを勧める。

「つくねとか、ふろ吹き大根……味噌《みそ》ポテトとか、惹《ひ》かれない？」

目を上げると、お隣さんは呆気《あっけ》に取られたように私を見ていた。

「なんで……」

呆然《ぼうぜん》としている様子だ。分析しているみたいで怖い？ 気味悪がられただろうか。

隣の部屋に住む者として、不安の種を蒔《ま》いてしまったままでは申し訳ない。

「ほら、好きなものって、自分でも気が付かないうちに選んでたり、当たり前すぎて気が付いていないことってあるよね。あ、さっき話してくれた民俗学の意義と通じるみたいな。私もつい本屋で手に取るのは似たような装丁だったり、浮世絵の企画に関わって初めて、自分が観にいく美術館も西洋画が多いなって気付いたり」

何に興奮してまくし立てているのかわからなくなってくる。

美味しいごはんを食べられた。しかも、自分が食べたいと思うメニューを存分に。お腹も心も満ち足りて、このまま寝てしまいたい。たぶん、お隣さんにもそんな幸せな気持ちで帰ってほしいと感じたのだ。

「自分で気付いていないだけで、好みがない人っていないんだと思う！」

言い切ると、お隣さんは目を見開いて私を見つめていた。

さらに不信感を植え付けてしまっただろうか。不安になるが、彼の瞳《ひとみ》はキラキラと輝いている。

「気付いていないだけ……なんて素晴らしい発見を！　ありがとうございます!!」

頬は紅潮し、宝箱を前にしたような顔だ。私は何のボタンを押してしまったのだろうか。

「でも、今気付いていないものに、どうやったら……今までと違う行動を取ってみて、違和感を感じたら？　いや、でも……。これが好きだって結論を出すときの根拠ってなんですか？」

「え？　根拠？……うーん」

そんな小難しく考えたことはない。

「なんとなく心地いいとか、自分にとってピンとくるとか……明確な理由を考えたことはないかなあ」

「好きに理由はなくてもいい……」

彼は呆然と呟《つぶや》いたまま、動きを止めてしまった。

「えぇっと、さっき自炊をしているって話をしていたじゃない？　その時につい作っちゃうものとかってないの？」

お隣さんの実家は兼業農家の共働きで、高校生の頃から料理は彼の担当だったらしい。普段から料理をするのであれば、作るものがパターン化していたり、つい自分の好みを反映させたりといったことがあってもおかしくはない。

「そうですねぇ。自分が好きなものというより、栄養バランスを考えながら、いかに弟妹《きょうだい》の嫌いな食材を食べさせるかを考えていたので。今でも食べたいものより、栄養素を先に考えて、余ってる食材で作れるメニューになることが多いです」

「そ、そっか。でもさ、今は一人なんだから、好きなように作れる状況なんじゃない？　どんなものを作ってるのか見つめ直してみたら？」

お隣さんの顔がぱぁぁっと再び輝く。

「そうですね。その日のメニューを記録して、整理カードで分類してみるか……すごい、今日あなたに出会えたことに感謝します！　天の配剤とはこのことでしょうか」

彼は感動を露《あら》わにし、私に対して拝むように手を合わせる。

そんな大層なことは言っていないし、自分の得意な範囲に軌道を持っていったのは、彼自身ではないか。彼の喜び方に、少々、いやドン引きだ。

お隣さんは熱を帯びた瞳で私を見つめている。なんだか、嫌な予感がする。

「ごはんを美味《お い》しそうに食べてる表情が素敵だなとは思っていましたけど、まさかこんな未来まで照らしてくれるなんて……」

尊いものを見るような視線よりも、彼の言葉に頭が真っ白になる。

「へ？」

ごはんを食べる顔を、見られて、いた、と？

数年も人と食べることをしていなかったから、彼の勢いのいい食べっぷりは見ていて気持ちがいいなあと思っていた。

けれど、そうだ。

深淵《しんえん》を覗《のぞ》く者は、また深淵に覗かれている。ごはんを食べているところを見る者はまた、ごはんを食べるところを見られているのだ。

途端に、私はそわそわとし始めた。

そもそも、私はなんでお隣さんと食事に来てしまったんだっけ。急に自分のしでかしていることが恐ろしくなった。

「今日は本当に、美味しかったです。誘っていただいてありがとうございました。ごはんも美味しかったし、」

言葉を切った彼の笑顔に、私はたまらず立ち上がった。

彼も驚いたように目を丸くしている。

「あの、えーっと……」

無害そうではあるけれど、初対面の若者を残飯係みたいな失礼な扱いで連れ出して、好き勝手飲み食いして……なんて迷惑をかけているんだ!

「ちょっと酔っぱらっちゃったみたい」

「大丈夫ですか？　送りますから、と言っても隣ですけど」

そうだ。しかも、彼はお隣さん。今まで顔を合わせることはなかったので、生活リズムが違うのかもしれない。けれど顔を突き合わせてしまった今、これ以上迷惑をかけるとお人好《よ》しの彼は、何かしらの関係性を築こうとしてしまいそうだ。

NO。私は、今までの無関係で結構なのだ。

「一人で大丈夫。だから、気が済むまでゆっくり食べて飲んで堪能《たんのう》していって」

お財布から数枚の万札を抜き、彼の前に押し付ける。彼が戸惑っているうちに、バッグを持ち、コートを腕にかけて立ち上がった。

女将《おかみ》さんに素早く声をかけ、店を出た途端に早足で自宅に向かう。

半ばで息が上がり、足取りを緩めた。後ろを振り返ったが追ってきている様子はない。ほっとして、ゆっくりとした歩調へと変えた。

大丈夫、大丈夫……。きっと今後も顔を合わせる機会はない。五月の今まで、存在が気になるようなこともなかったのだ。

急に生活リズムが変わることはないだろう。それに彼は、論文に調査に就活にと忙しいとも言っていた。

私は空気のようなお隣さん。今後も変わることはない。……念のため、今まで以上に周囲の気配には気を付けるようにしよう。

数分前までは好きなものを心行くまで食べて幸せだったのに。

はーっと重い息を吐き、私はとぼとぼと家路に就いた。


息を殺すように暮らし始めて数日後、また残業が増えてきた深夜帯。帰宅を待ち構えていたかのように、隣室のドアが開いた。

ぎくりとして急いで鍵《かぎ》をひねるが、それよりも早くお隣さんの目が私を捉《とら》えた。

うそ、なんで。心の中で叫びながら、愛想笑いを浮かべる。

「先日はどうも、ご迷惑をおかけしました。それでは、おやすみなさい」

顔は相手に向けながら、できうる限りの速さでドアノブをひねったが、お隣さんがにこやかに近付いてくる方が早かった。

「こちらこそ、先日はごちそうさまでした。それで、これ、お釣りなんですけど」

彼が差し出した封筒からは、チャリと小さな金属音がした。律儀だなと思いつつ手を伸ばすと、封筒をつかんだ瞬間に、相手の指にも力が入る。

うん？　お釣りを返してさようならでは？

目を上げると、お隣さんが不服そうな顔をしている。お釣りを返したくないなら差し上げるので帰らせてください、と言いたくなる。

「な、何か？　まだご用ですか？」

いつぞやも、こんなやりとりをしたような気がしてならない。

「……お礼をするのは僕のはずだったのに、あんなにご馳走《ちそう》になるのはやっぱりおかしいと思うんですよね」

「私にとっては、それが十分なお礼で――」

「理解はしています。でも、僕の気が済まないんです。きつねにつままれた気分です」

「はあ……」

嫌な予感、再び。

お礼される側は納得しているんだから、自分の価値観を押し付けるのはやめてほしい。社会人、ましてや営業を長年務めているのだから、ポーカーフェイスを保てていると信じている。けれど、本音は「いい加減にしてくれ！」である。

けれど、隠している本音は伝わるはずもなく、お隣さんは朗らかに言った。

「今度、うちにごはんを食べに来てください。何でも食べたいものを作らせてもらいます！」

今、なんて言った？

聞きなれない誘い文句に、思考が止まる。たっぷり十秒は沈黙して、私はなんとか声を絞り出した。

「えぇっと……きみの家に？」

「はい。料理は得意分野だと自負しています！」

確かに栄養バランスと好き嫌いを加味して、冷蔵庫にあるものでごはんを作れてしまうぐらいなら、料理ができると言えるだろう。『うた川』の料理を一緒に食べたうえで得意と言えるなら、味にも期待できるのかもしれない。

けれど、男子の一人暮らし宅へ。しかも、ほとんど面識がないのに？

停止していた思考が、すさまじい勢いで脳内を駆け巡り始める。あらゆるものを天《てん》秤《びん》にかけるが、どう考えても断る一択でしかない。心の中で静かに決断を下したものの、お隣さんは何か別のことに納得したようで、

「あ、そうか。男の家に一人で上がるなんて不安ですよね。誰かお友達とご一緒でも」

と言い出す。

ほとんど知らない隣人の家にごはんを食べに行くんだけど、一緒に行かない？

……なんて怪しすぎるお誘いだろう。数少ない友人を失いかねない。

他所《よそ》の家で、差し向かいで、手料理……。外食よりも避けたい行動だ。

しかし、相手は帰りを待ちかねていたお隣さん。ここで断れば、今後もなんだかんだと関わりを持とうとしてくることは明白だ。それならば一度付き合っておき、これまで通りの距離感を保てるように釘《くぎ》を刺しておくべきだ。

「一人デ、伺イマス」

お隣さんは気にした様子もなく、満面の笑みを浮かべた。何が「よかったぁ」だ。断る選択肢など与えていなかったくせに。

残留していた抵抗感が「ただし」と付け加える。

「最近忙しくなってきたので、平日の夜でもいいですか。残業後なので、だいぶ遅い時間になっちゃいますけど」

「何時頃がいいですか。今日と同じぐらい……ですか？」

時計を見ると、そろそろ二十三時を回る頃だ。こんな時間のごはんなんて、迷惑以外の何物でもないだろう。断ってもいいんですよ、ほら。と、期待感を高めるが、彼はあっさりと肯《うなず》いた。

「わかりました。帰ってから余裕があるので、何でも作れそうです！　何か食べたいものはありますか？　苦手な食材なんかもあったら教えてください」

完敗だ。私は項垂《うなだ》れながら、首を振った。

「特に今思いつくものはありません。お任せします。味が濃すぎたりしなければ、食べられないものもありません」

するすると金曜日の夜二十三時に、お隣へ伺うことが決まってしまった。

「それじゃあ、楽しみにしていてくださいね！」

弾むように部屋へ入っていった彼の横顔からも、本気で喜んでいることがわかる。

人を呼んでごはんを食べさせることに、そこまで喜べる気持ちは、私にはわからない。

けれど、リスケやキャンセルは許されなそうだと、妙なプレッシャーを感じたことは間違いなかった。


ついにこの日が来てしまった。

ピンポーンと、軽い音色がドア越しに響く。「はいはーい」と能天気な声が続く。

躊躇《ちゅうちょ》なくドアは開き、邪気のない顔とお腹の空《す》く香りが私を出迎えた。

まるで気負いのない笑みを向けられて、その眩《まぶ》しさに一瞬「うっ」と言葉に詰まり、提げていた紙袋を突き出す。悩んだ末に手土産として選んだ、紅茶と焼き菓子という無難な消えものセットだ。

「あの……今日は、おじゃまします」

「どうもお気遣いを……」

驚きながら紙袋を受け取る彼に、釘を刺す。

「これ以上のお礼は無用ですからね！」

きっぱりと言い切ると、お隣さんは呆気《あっけ》に取られた顔を見せるが、すぐに「中へどうぞ」と招いた。

部屋の作りは、我が家と対称だった。ほとんどが同じのはずなのに、反転するだけで印象はまるで違う。

ものが増えない我が家に対し、お隣さんの家は棚が立ち並んで、壁がほとんど見えない。それでも雑然と見えないのは、ものがきちんと棚に収まっていたり、適度な空白が残されているからだろう。

「すみません、お誘いしてから気が付いたんですけど、食卓がなくて。マルチケットを敷いて、その上にお皿を並べたり、座って食べる形でもいいですか？……あ、もちろん洗ってあります！」

「大丈夫です」

返事をすると、彼は忙しく動き出す。その姿よりも、部屋の奥に気を取られた。

部屋中を包むような芳香は、そこから漂ってくる。

匂いのもとである部屋の奥、窓際にはデスクが置かれている。普段はここで勉強をしたり、ごはんを食べたりしているのだろう。

けれど、今日はホテルビュッフェのように、さまざまな料理の載った皿が所狭しと並んでいた。

思わず素直に喜びの声が漏れそうになるのを堪《こら》えた。まさかこんな形でおもてなしをうけるなんて、予想外だ。

「いろいろなジャンルを取り揃えてみました。今日は好きなものを、自分の好きなだけ味わっていってください」

言いながら、お隣さんは私にお盆を差し出した。飾り気のない木製のもので、年季の入った色をしている。その上には華やかな豆皿が並んでいた。

朱と金で文様を描いた丸皿、水引のような模様のあるもの、細かな絵が描かれた少し深めの器、ひょうたんや亀などの変わった形のものなど、並んでいるのを見ているだけで心が弾む。

机に並んでいる料理は、彩りも豊かで、どれも見た目からして美味《おい》しそうだ。厚焼き玉子、春キャベツの塩ナムル、はくさいのお浸し、キャロット・ラペ、野菜や肉の詰まった宝石のようなテリーヌ、とうもろこしと枝豆のかき揚げ、玉子豆腐、水菜の塩辛和え、はんぺんのチーズ挟み焼き、よだれ鶏《どり》、ぶりの照り焼き……前菜からメインまでそろい踏みだ。

なかなかに選びがいがある。どうしよう、どれにしよう。

端から順に目で料理を味わっていく。それだけで満腹になりそうではあるが、香りが食欲を誘ってくる。

短期間のうちに食べたいものを食べられる分だけという奇跡的な体験を二回もしてしまっていいのだろうか。けれど、視界と鼻腔《びこう》をくすぐる誘惑には勝てず、菜箸《さいばし》を手に取った。

気になったものを一箸《ひとはし》ずつ豆皿に盛っていくが、お皿の数よりも料理の方が多い。泣く泣く選抜していると、お隣さんの笑いを含んだ声が聞こえた。

「取り皿はまだまだありますから」

デスクの端に豆皿を追加してくれる顔は、嬉《うれ》しそうだ。葛藤《かっとう》を見られていたことに恥ずかしくなりながら、マルチケットの上に座る。

お隣さんは大小いくつかの皿に、バランスよく料理を盛り付けていき、私に向かい合って座る。どちらからともなく、「いただきます」の声が重なり、思わず笑ってしまった。

座って床に広げるごはんは、まるで遠足のようだ。

お隣さんはばつの悪い顔で頭を下げた。

「本当に考えなしに誘ってしまって、すみません」

「ううん。ピクニックみたいだなと思ってた」

小学校時代の遠足は、楽しかった。給食と違って、自分が美味しく食べられる分だけ詰めることができるお弁当。その日だけは、気楽な気持ちで、友達と楽しく食べることができたのを思い出した。

そうだ。あの頃は、まだ誰かと食べることは辛《つら》くなかった。

……なんだか、その時に戻ったような気分だ。

はくさいのお浸しを噛《か》むと、口の中にぎゅっと出汁《だし》の味が広がる。

「あ、美味しい」

一緒に和《あ》えているのは、なめたけとちりめんじゃこだ。ごはんのお供だけではなく、こんな風にも使えるのか。なめたけ、侮りがたし。

はくさい自体は優しい味付けで、前菜としてだけではなく、箸休《はしやす》めにもぴったりだ。

お腹に余裕があれば、おかわりをしたい。

流れるような考えに、ふと手が止まった。

……私が、「おかわり」だって！

自然と笑いが零《こぼ》れると、お隣さんは不思議そうに私を見つめた。

「おかわりしたいって、久しぶりに考えたなと思って」

すると彼は、ふんわりと笑みを広げた。

「お口に合ったようでよかったです」

「本当に料理が上手だね。全部独学なの？」

「最初は祖母に習いながら、レシピ本を見ながら、次第にって感じですね。毎日作ってるとコツがわかっていきますし、弟妹たちもだんだんとわがままになっていくし、こっちもそれに応えてやろうじゃないかって、ムキになっていましたね」

「うちはみんなで揃ってごはんを食べた記憶って、ほとんどないなあ」

「皆さんお忙しかったんですか？」

「それもあるけど、なんていうんだろう、マイペース？　個人主義というのかな。仲が悪いわけじゃないけど、一緒に買い物行っても別行動とか、みんなで何かをしようっていう家族じゃあなかったな」

この話をすると、大抵の人は絶句したり、憐《あわ》れんだり、なぜか心配されてしまうことが多い。

このお隣さんはどんな反応をするのか、少し気になってしまった。団らんが当然だった彼にとっては、やはり信じられないことだろうか。

しかし、彼はメモを取り出して、何かを書き込んでいる。

「それって、タイミングが合えば同じ食卓に着くんですよね。ごはんの用意はどうしてたんですか？」

「えっと、別に一緒に食べたくないっていうわけではないから。子どもの頃は両親のどっちかがごはんを用意してくれてたけど、高校ぐらいからはそれぞれに買ってきたり、作ったり。誰かが作って残しておいたものは食べてもいいし、食べてほしくないものはメモ書きや名前を書いておくっていう感じで」

こんな反応は初めてだけれど、嫌な気持ちにはならなかった。

「なるほど、なるほど。合理的な感じなんですかね。ところで、地元はどちらですか？　ご両親のご出身は？」

「実家は千葉の市川《いちかわ》で、両親は二人とも北海道……」

「ふむふむ……」

ご機嫌な顔で書き留めていたかと思えば、彼は「あっ！」と顔を上げた。なぜか困惑したようにはにかんでいる。

「お食事中にすみませんでした、つい」

「いいよ。そういう感じで調査してるんだね」

お隣さんは肩を竦《すく》めて続けた。

「申し訳ないついでと言うのもおかしいのですが……まだお互いに名乗っていませんでしたね」

心の中でずっとお隣さんと呼んでいたし、これからもそれでいいと思っていた。

「二〇五号室の一之瀬開《いちのせかい》と申します。どうぞよろしくお願いします」

箸《はし》を置いて頭まで下げられたら、こちらも名乗らずに済ませることはできない。

「二〇六号室の小鳥遊静《たかなししず》と申します」

とはいえ、特によろしくする予定は今後ないので、そのまま頭を下げる。お隣さん改め、一之瀬くんは特に気にする様子もなく笑っている。

「家庭の味だとか過ごし方って、地域の特性はもちろん、これだけ移住が活発になると、ご両親によっても特色が出ますよね。うちは埼玉県の東の方で農家をやってるんですけど、元々母親の実家なんです。父は会社勤めなんですが、母は祖父母と一緒に畑をやっているから、生活の時間が少し違うんですよね。だからうちも家族みんなで揃って何かをするとかは少なくて。父親も最初は慣れなくて大変だったそうです」

家族の仲がよさそうな一之瀬くんの家庭でも、みんな一緒に行動するというわけではないのか。それなのに、家庭の様子は大きく違う。

どこから異なっていくのだろう。個性？　思いやり？　協調性？　私にとっては、食事について指摘されることのない居心地のよい家ではあった。けれど、何かが違ったら、今思い悩むようなことにはなっていなかったのだろうか。

「地域性かぁ。うちのほうは辻《つじ》切りをまだやってるんだけど、どこにでもあるものじゃないって知った時には驚いたな」

「え、藁《わら》の蛇ですか？」

「そうそう、蛇。暗くなったときに見ると、知ってても結構びっくりするんだよね」

「へぇ、市川にもあるんですね。地域によっては、顔がかわいいやつとかいますよね」

「うちの近くはちょっと愉快な顔をしてたな。でもそっか、一之瀬くんの家が作物を育ててるからなのかな。野菜料理のレパートリーが多いよね」

「祖父母のだけじゃなくて、ご近所さんからもらうことも多いんです。でも末っ子の弟は野菜になかなか手を付けないので、躍起になって研究してたら結構増えましたね」

苦笑を浮かべているけれど、楽しんでいたことが垣間《かいまみ》見えるし、おかげで、こんなにバラエティー豊かな野菜料理を食べられている。

「料理は嫌いじゃないけど、食べきる分だけ作るのが難しいし、コスパは悪いし、面倒が勝っちゃうんだよね。一人暮らしでもちゃんと作ってるのは、すごいと思う」

「料理は好きですし、野菜は送られてくるので、僕にとっては作ることで節約できるんですよね。お弁当も作れますし」

「節約になるだけしっかり作って、食べきってるのがえらいんだよ」

しかも、彼の料理には手抜きがない。きっとこのお漬物も手作りだ。甘酒は好きではないのに、彼のべったら漬けは美味《おい》しく食べられた。甘すぎず、麹《こうじ》独特の香りも感じない。多分、私が味の濃いものが苦手と言ったからだ。

「仕送りで野菜だけは困らないのでレパートリーは豊富なんですけど、肉や魚のメイン料理が少なくてすみません」

そう言われてみると、肉や魚の料理は少ないけれど、そもそも品数が多い。量に圧倒されているので、特に気にはならなかった。

「普段野菜を積極的に摂《と》るのは難しいから、むしろありがたいよ。野菜自体の味も、なんていうのかな、しっかりとしてて美味しいって思った」

すると、彼は目を輝かせ、前のめりになる。

「そうなんですよ！　畑直送っていうこともありますけど、野菜本来の旨《うま》みがあるんですよ。いやあ、嬉《うれ》しいな。そこをわかってもらえるの」

彼自身は農家の道を選ばなくても、家業を誇りに思っていることが伝わってきた。彼がまとっている空気は、柔らかく、ほっとさせる。きっとそれは彼を育んできたものと、彼が培ってきたものなのだろう。

（誰かと食べてるのに、なんの負い目も違和感もない……）

あんなに一歩を踏み出すことができずに、悩んでいたのに。お宅訪問だって、あんなに不安で、断りたくて仕方なかったのに——なんで、一之瀬くんとのごはんは『普通』に食べられるんだろう。

改めて、お盆に目を落とす。

華やかなお皿がたくさん並び、そのどれもにおかずが載っている。私にしてはずいぶん食べている気がするのに、まだまだ食べられそうなのは、どうしてだろう。

そこまで考えて、ようやく答えを導けた。

赤地に金色で七宝つなぎの文様が描かれた豆皿を、そっと手に取る。

「豆皿って、どれもかわいいね。掌《てのひら》に収まるサイズで、こんなにデザインも豊かで」

小さなお皿がたくさん並んでいることで、お盆が埋まる。食べたいものを少しずつ盛ることができる。空白をお皿の柄が埋めてくれるので、一品ずつの量が少なくても、モリモリと食べている気分になれる。

先日の夜ごはんの時から感じていた。彼は私と同じく、周りに気を遣う人だ。けれど、私のような引け目をカバーするための利己的なものではなく、純粋な気持ちからだろう。単にお人好《よ》しと言うこともできるけれど、自分のことよりも他人を大事にしようとしているように見える。それを利用しようとする人もいるだろうけれど、それ以上に彼を信頼して集まってくることも多いのではないだろうか。

「……なんでこんなに持ってるの？」

一之瀬くんのお盆に載っているのは、パン皿サイズや深めの鉢など、大きめのものばかりだ。彼の食べる量からしても、普段の食事で豆皿の出番はほとんどないだろう。

「祖母も母も器道楽で、昔から家に山のようにあったんです。一人暮らしのときに大量に持たされたり、自分でもつい買っちゃったりして増えちゃったんですよね。調査のときでも、豆皿だと持ち帰りやすいので、ついつい……」

「そうなんだ」

美味しいごはんをたくさん食べられる気分になるので、私としてはありがたい限りだ。それに、華やかなお皿に盛られていると、気分も上がる。目で味わうとはこういうことなのだとわかった。

気乗りはしなかったけれど、今日の誘いに呼ばれておいてよかった。心の中で「ありがたや」と手を合わせつつ、気になっていたことが口から洩《も》れた。

「この色合い、おめでたいよね。なんかお正月みたい」

ぽつりと溢《こぼ》したあとに顔を上げると、一之瀬くんははにかんでいた。

「……先日食事をしたときに、なんだか顔色が悪いように見えて……少しでも元気になればいいなあと思って」

お正月が、元気に？

もう一度小さな器たちに目を落として、彼の言っていることがようやくわかった。

手にしている七宝つなぎ、お浸しを載せていた波千鳥、厚焼き玉子の瓢箪の皿、他にも青海波や籠目《かごめ》など。

仕事柄、文様の意味はだいたい把握している自信がある。今日使われている器は、どれも誰かの幸福を願うものだ。

本当に、気が回るお人好しだ。

「小鳥遊さんは、どの皿が一番好きですか？」

遊んで！　と絡んでくる犬のような彼の言葉に、手にしていた皿と共に視線をお盆に向けた。

たくさん並んでいた豆皿は、すべて空になっている。満足感はあるのに、満腹感はない。頑張ればおかわりできるかな、と考える余裕すらある。

こんな食べ方があったのだと、感動しきりだ。

感謝も込めて、私は一つ一つを改めてじっくりと見つめる。

千鳥はかわいいし、青海波は小技を利かせた色使いが素敵だ。けれど、ひときわ素朴でありながら、細かな模様が施された皿を手に取った。

吸いつくような手触りの豆皿は、縁にシロツメクサのレリーフが施されている。ボコボコとした柄をなぞると、気持ちがいい。きっとこれも、祈りが込められているのだろう。

「これがいいなあ」

そう呟《つぶや》くと、一之瀬くんは大きく頷《うなず》いた。

「それ、祖母との思い出の品で、一推しの豆皿です！　使い勝手もよくて、和風でも洋風でも、何の料理にも合うんですよね」

頭の中で、この皿に載せてみたいものを考える。きんぴらやひじきのような和の惣《そう》菜《ざい》も包み込んでくれそうだし、キャロット・ラペやスクランブルエッグなんかの、パッと鮮やかな色合いのおかずも映えるだろう。包容力のある器だ。

「食器としてもいいけど、アクセサリー入れとかにしてもかわいいかも」

細いチェーンの繊細なアクセサリーを載せたら、インテリアのような収納にもなるのではないか。そう言うと、一之瀬くんは目を丸くした後、何度も頷いた。

「僕にはない着眼点です。器はごはんを載せるだけではないというのは盲点でした」

豆皿は小さい。私のおかず皿にはぴったりだったけれど、一般的には調味料や薬味、お漬物だとかの添え物に使うことが多いそうだ。

「ごはんじゃない器っていうと……箸置《はしお》きにも使えるって聞いたことはあるけど」

でも、彼が言いたいのはそういうことではないだろう。首を傾げると、一之瀬くんは、お花とか音楽とか、と指を折った。

「何かを入れるものは全て器になるでしょう？　人にも『器が大きい』とか言うじゃないですか。ごはんでも魂でも、何か入っていたら、それはもう『器』になるんですよ。どんなに小さくても、どんなに大きくても、何を入れるのか楽しんでいいんだと思います」

形にとらわれず、楽しめばいい。

笑いながら言った彼の言葉が、心に刺さった。

「小鳥遊さんが言ったように、アクセサリーを載せてもいいいし、コップや大きい深鉢に花を生ける方もいますよね。こだわらなければ、思いもしない使い道が出てくるんでしょうね」

人も器。空腹に食べたいものを入れることを楽しみにするのは、私の食に対するスタンスと同じだ。けれど、食べられる量が少ないというのは、コンプレックスでしかなかった。食べたいものが浮かばないときに、どうでもよくなってしまうのは、楽しんでいると言えるだろうか。

「……視界が凝り固まっていたのかな」

少食に対して、とやかく言われたことばかり引きずっていた。でも、「ふぅん」と気にしないそぶりをしてくれた人だっていたはずだ。

人と食事をしたときに、残すことに罪悪感があるし、相手にも気を遣わせる。だから、もう何年も、自分から誰かと食事をしようなんて思ったことはなかった。

他人と食べることには勇気がいると、レッテルを貼り付けていたのは、自分だったのかもしれない。

数年ぶりに誰かと向き合って食べた食事は、記憶にあるものより遙《はる》かに温かくて、美味《おい》しかった。

それを実感すると、急に心臓が高鳴った。

私でも、同僚たちとごはんを食べられる日が来るのかもしれない。今はまだとんでもない遠い目標だけれど、考えるだけで初恋のように胸がざわめく。

「なんか顔が赤いですけど、大丈夫ですか？」

「へ、あ、大丈夫です！　久しぶりにまともなごはんを食べたから、身体が燃えてるのかも」

手で顔を扇《あお》いでみせると、一之瀬くんは途端に探るような視線を向けてくる。

「つかぬことをお伺いしますが」

「……はい」

真剣な口調に、思わず姿勢を正した。

「外食が苦手で、自炊もしないなら、普段はどんなごはんを食べているんですか？」

「え、普段の食事……？」

それって、そこまで真剣に聞くこと？

質問の意図がわからないまま、私も素直に答えた。

「コンビニで適当にお腹を満たせるものとか、おかずだけとか」

「適当にお腹を満たせるって、もしかして、もはや食事ではないやつですか？」

鬼気迫る様子で問われ、思わず後ろに身を引いた。

どうして会うのも三回目の年下の男の子に、こんな詰問をされているのだろう。私生活を話すような仲ではないのに、と思ったものの、彼の気迫に素直に告白した。

「飲むゼリーとかクッキーみたいなバランス栄養食だとか、ああいうの、です……」

話している間に、一之瀬くんの表情はこの世の終わりを知らされたかのように、愕《がく》然《ぜん》としたものになっていくから、私の声も尻《しり》すぼみになる。

あまり褒められたことではないとはわかっている。

けれど、食べたいものでなければ、基本的には何を食べても同じだ。動くための栄養補給をすれば十分だと思うし、その分仕事に充てられて、効率的でもある。

「一日分の栄養が摂《と》れるなら、別にそれでもいいじゃない？……たまのことだし」

「本当に『たまに』ですか？」

「……たまに、おかずを買う、かな」

私の答えに、彼の瞳《ひとみ》の中の絶望が深まった。

虚無の視線から逃れ、私はデスクの上に並ぶおかずに、名残惜しい目を向ける。まだ食べたい。でも、今のやり取りをしている内に、お腹は限界を訴え始めた。

あーあ、あんなに残しちゃった。そんないつもの鬱々《うつうつ》とした自責の念に囚《とら》われる。

その気持ちが伝わったのか、一之瀬くんはさっと立ち上がった。一度キッチンへ向かった彼は、タッパーを手に戻ってくる。

「お疲れのところ、夜分に引き留めるのも悪いですね。よかったら、料理を持ちかえってください。明日《あした》の朝ごはんにするなり、お昼ごはんにするなり、たらふく食べてください！」

そして、常備菜になりそうなおかずを、テキパキと詰めていく。

「え、あ、あの――」

断る隙は与えられなかった。

これは、タッパーを返すという関わりができてしまうやつではないか。

確かに料理は全て美味しかったし、おかわりしたいとも思った。けれど、正直に言えば……迷惑だ。

断りたい。だけど、百パーセントの善意で差し出されたものを、私は拒絶することができない。「アリガタクイタダキマス」と、頭を下げた。

気が進まなかった食事会が楽しめたのは、彼の作った料理のおかげだった。それと、誰かとごはんを食べることの楽しさも。

デスクの上に目をやる。

「……これだけの品数を作るのは大変だったでしょう」

十品以上が並んでいるのに、私は豆皿にひと盛りずつ手を付けたぐらいだ。少しずつタッパーに入れてくれたとしても、残りを全部ひとりで食べきれるのだろうか。

少食なのに残すことが辛《つら》いと思ってしまう我儘《わがまま》な私は、気になってしまう。

「こんなに作ってくれたのに、残しちゃってごめんね」

項垂《うなだ》れると、一之瀬くんはえっ⁉と至極驚いたような声を上げた。

「さすがにこの量を今日中に食べきろうとは思っていませんよ！　でも小鳥遊さんは全部の料理に箸《はし》を付けてくれたでしょう？　思った以上に食べてもらえて嬉《うれ》しかったです。それに、あんなに幸せそうに食べてもらえると、作ったかいがありました」

照れ笑いの彼が差し出したタッパーには、私が特に気に入ったメニューばかりが詰まっていた。この間と逆転の立場だ。

渡されたタッパーを見つめていると、よくわからない思いがこみ上げてくる。

「うん……全部、美味しかったです」

「よかったぁ。今月ピンチで、肉や魚をあんまり買えなかったので、ちょっとメニューに不安があったんですよね。でも、お口に合ったならよかったです」

「そっか、そんな大変な中で……え？」

今、なんて言いました？

……聞き間違いかな。聞き流していいかな。これ以上聞いちゃいけない気がする。

しかし無情にも、彼は楽しそうに続ける。

「仕送りの野菜が結構残っていたので、なんとかメニューを捻《ひね》りだして。そうしてたら、野菜だけでどれだけの品数が作れるのか挑戦したくなってきちゃって」

「ちょっと待って!!」

聞いてはいけない気がするのに、聞かなくちゃいけない責任感みたいなものも生まれてしまった。

「念のため聞くんだけど……ほとんど食材を使い果たしたとか、ないよね」

きょとんとした彼は、あははと大きく口を開けて笑い出す。

なんだ杞憂《きゆう》だったかと、ほっとしたところで、爆弾が降ってきた。

「そうなんですよ。食料をほとんど全部使い切っちゃいました！　バイト代が出るまで素寒貧ですね」

絶句とはこのことだ。

「………どうやって生活するの?」

「光熱費の分はちゃんと残してありますし、食事は今日の残りと……まあ米と野菜もまだ少し残っていますし。なんとかなるでしょう」

「お、お給料出るまで、あとどれぐらい……」

「えっと、十日後ですね」

ほぼ一週間、米と野菜のみ？　こんなに自炊ができて、それで節約してるとか言っていたのに？　私よりも数十倍食べる若者が？

初めて会った日の私より正気の沙汰《さた》ではない。そんなことを聞いてしまっては、大人として「そうですか、じゃあ」というわけにはいかない。

「小鳥遊さん？」

愕然としていた私を、心配するように覗《のぞ》き込む一之瀬くんに「心配なのは、そっちだよ！」と、頭を抱えたくなる。このままでは、隣の部屋から死臭が漂ってくるようなことが起きそうだ。

なんとかして今日の食費だけでも受け取らせ……否《いや》、彼は断固として拒否するだろう。私にも利があるのだと、納得させるような理由を作らねば。

その時、ふっと湧いたアイデアに顔を上げた。口を一度開きかけて、止まる。

ぎゅっと力が籠《こも》った唇を、無理やりこじ開けるように、言葉を出した。

「私の――」

私にとっては、精一杯の勇気。渇いた喉《のど》に、無理やり唾《つば》を飲み込む。

「ごはんを作ってもらえませんか？　そして、私のリハビリとして、一緒に食べてもらえませんか？　私、その、人とご飯を食べることが苦手で。この間の小料理屋さんが数年ぶりなぐらいなんだけど、この先のことを考えると避け続けていいのかって悩んでいて」

彼は一瞬嬉しそうに口角を緩め、不安そうに眉《まゆ》を曇らせた。

「無理していませんか？」

「……まったくないとは言えないけど、でも、一之瀬くんとは二度も一緒に食べられた。ごはんも美味《おい》しかったし、食費と手間賃は支払いますから」

「そんなの、僕ばっかりお得じゃないですか」

お得とは？　思わず首を傾げてしまう。

「食費なんて貰わなくても、ごはんぐらい、いくらでも作りますし付き合いますよ！」

「いやいやいや！」

むしろ、食費を受け取ってもらわないと困る。このお人好しが飢えでもしたら、寝覚めが悪い。

「契約！　そう、契約として食費の負担は対等な取引なのだとわかってもらうには……

「リハビリと食費として報酬を受け取ってもらわないと、私の気が済まないから！」

高すぎると一之瀬くんは遠慮してしまうだろうし、安すぎては私ばかりが恩恵を享受することになる。どれぐらいが平均的な金額なのかはわからないけれど、豪華なディナー一食分と考えればいいかな。

「週に一度、ごはんを食べるときに次回分の経費を渡します。一回につき一万円……ぐらい？」

確認すると、彼は目を見開いたまま、ぶんぶんと首を振った。高すぎるようだ。

「七千円ぐらい……」

まだ難しい顔をしている。

「じゃあ、五千円？」

彼は眉を顰《ひそ》めながらも、考え始めた。いけそうだ。

「素人の料理一食分に、高すぎませんか？」

「食材費だけじゃないから！　作ってもらう手間と、一緒に食べてもらう時間だってあるんだから。もっと高くてもいいぐらい……だけど、とりあえず五千円で」

一之瀬くんは、不承不承という顔で頷《うなず》きながら、何やらブツブツと呟《つぶや》いている。

「栄養」だとか「顔色」だとか「餌付《えづ》け」だとか、聞こえたような気がする。

自分の中で納得がいったようで、彼は大きく頷いた。

「毎週、美味しそうな顔を見られるように、頑張ります」

うっ、と言葉に詰まる。

そんなことを言われると、彼の前で食べづらくなる。

正直に言えば、毎週というのは自分の首を絞める約束だ。けれど、長年放置してきたコンプレックスを解消できそうな流れに、今なら勢いよく飛び込めると思った。

「今回みたいにたくさん用意する必要はないからね！　その場で食べきれそうな分で

お願いします。さっきも言ったけど、経費込みだから全額を私との食事で使うなんてこともダメです」

一瞬不服そうな顔をしたが、「まあ、いいか……だし」と何かを呟いた。そして、

「小鳥遊さんの生活が健やかになるように、腕によりをかけて作っていきますね」

穏やかな笑みを浮かべるが、なんだか背筋がゾワッとした。

とりあえず、来週も金曜日の二十三時に……という約束を交わして、自分の部屋へと戻った。

ドアが閉まると、はーっと長い息を吐いた。

手の中のタッパーを見つめる。

今日でまた透明なお隣さんに戻るつもりだったのに、どうしてこうなっちゃったんだろう。後悔先に立たずとは、よくいったものだ。

けれど、一之瀬くんの料理はさることながら、共に食べている時間もネガティブな気持ちにはならなかった。むしろ心地いいとさえ、思ったほどだ。

「これさえなければなぁ……」

月曜日までに食べきることはできるだろうか。

次はその場で食べきれるだけとお願いしたのだから、今回だけの我慢だ。大丈夫、大丈夫。自分に言い聞かせながら、ほとんど空っぽの冷蔵庫に、タッパーを押し込ん

だ。

パタンとドアの閉まる音を聞くと、とろんとした眠気が襲ってきた。ほどほどの満腹感が、疲れをほぐしてくれたようだ。

週末に美味しいごはんが待っているのは、なかなかいいことかもしれない。お腹も心も満たされて、今夜はよい眠りにつけそうだ。

「『とらわれずに楽しめばいい』か」

一之瀬くんの言葉を口にすると、この契約も悪くないと思えた。

第二話　恵比寿は海のたまもの

目の前には、キャベツの千切りが敷かれた湯気の立つ油淋鶏《ユーリンチー》、茄子《なす》の揚げ浸し、バターの香りたっぷりのオムレツ、一口サイズのおにぎりが豆皿にきれいに盛り付けられている。

「いただきます」

手を合わせると、ごはんの向こう側から優しい目が見つめている。まだその視線には慣れない。

見なかったふりをして、パッと視線を床に置かれたお盆に落とす。

作られたばかりの料理は、どれもこれもツヤツヤと輝いている。彼との食事を重ねるごとに、「料理は五感で味わうもの」ということを実感している。

一之瀬くんとの契約ごはんは今日で九回目。二か月が過ぎたところだ。最初は、量が多すぎたり少なすぎたりといったこともあったけれど、ひと月が過ぎた頃には、ちょうどいい具合に盛られているようになった。彼のおもてなし精神には脱帽だ。

たわいない会話を交わしていると、いつの間にかお皿の上が空っぽになっている。食後には彼がお茶を淹《い》れてくれて、そこで次回の費用を渡して帰る。自然とそのような流れになってきた。

その時間が、ほっとすると同時に、少し寂しい気持ちになるのは……、

「もしかして、食べられる量が増えてきたのかな」

漏れた声を拾って、一之瀬くんは眉《まゆ》を寄せた。

「少なかったですか？」

「あ、ううん。ちょうどいい量だった」

腹八分といった満足感だ。食べ足りないから寂しくなるのかと思ったけれど、違うらしい。不思議に思ってお腹を摩《さす》っていると、お茶を差し出しながら彼は笑う。

「食べ続けていると胃も大きくなると言いますから、普段からしっかり食べてくださいね」

笑顔なのに、「間違ってもゼリーなんかで過ごすなよ」という気迫が籠《こも》っているように感じる。私は「食べてないよ」と伝わるように、ごまかす笑みで返した。

一週間に一度は栄養満点のごはんが食べられるということで、さらに普段のお昼ごはんは雑になっている気がする。夜は言わずもがな、だ。

「来週のごはんは、何かリクエストがありますか？」

私にとって食べたいものは、パッと思いつくものだ。特にストレスが溜《た》まりに溜まったときに、浮かぶことが多い。だから、事前に聞かれても困ってしまう。

一之瀬くんのごはんは、何を食べても美味《おい》しい。だからこそ選択肢が茫洋《ぼうよう》としてしまう。それに、コンビニのおかずを一つ買えば十分な私にとって、献立を組み立てるということも難しい。

彼とのごはんは誰かと食べるためのリハビリだし、何が出てきても困ることはない。だからいつも同じ返答になってしまう。

「お任せします」

彼は「わかりました」と笑うけれど、そこに若干の翳《かげ》りが浮かぶことには、気付いていないふりをしている。


会議室から戻る途中、種﨑先輩が突然話しかけてきた。

「ナッシー、最近ファンデとか下地とか変えた？」

身に覚えがないため、ただ首を振る。様々な企画に参加している先輩は、知識の幅が広い。メイクもプチプラからハイブランドまで、自分の好みで使いこなしている。

「なんか最近、肌艶《つや》がやけにいいときあるよね。特に月曜日とか」

ニヤニヤと言われてもいやらしく感じないのは、長年の付き合いと、朗らかな人柄によるものだろう。

私が新卒の時に指導担当だった種﨑先輩は、社内で一番気兼ねなく話せる人物だ。なんだかんだと、接待やランチの誘いから逃がしてくれることが多いので、私が会食に参加できない理由をなんとなく悟ってくれているのだろう。

メイクを変えた覚えはないけれど、一つだけ思い当たることがある。

「まともなごはんを食べる日ができたから、ですかね」

私の答えが想定を超えていたのだろう。彼女は珍しく絶句する。

「え、ごはん？　ナッシーが⁉　入りやすいお店でも見つけたの？　怪しげなお店とか鳥の餌は食べちゃダメだよ？」

「私のことなんだと思ってるんですか」

「一人じゃないよね？　だれ、私も知ってる人？」

「えっと、お隣さんで。最近知り合っていろいろあって……」

「知り合ったばかりのお隣さん？　やるなぁ。ナッシーはそんじょそこらの人じゃ餌《え》付《づ》けできないはずなんだけど。私でもまだなしとげてないのに、ぐぬぬ」

「私は野生動物じゃないですよ？」

やはり食事に対するコンプレックスがあると、把握してくれているのだ。どこまでも憧《あこが》れてしまう先輩だ。

そんな種﨑先輩でも、未《いま》だにごはんへ誘う勇気が出ないのだから、このコンプレックスはどこまで根が深いのかと、自分でも呆《あき》れる。

それでも、週に一度の食事会をふた月もの間続けていることは、ごく僅《わず》かではあるものの、誰かと一緒に食べるということへの抵抗感を減らし続けている。

けれど、それは一之瀬くんのみに対するものだ。まだまだ食事に対して完全に前向きになれるほどではないし、食べたいものを提案するということもできない。少食すぎるという弱点について軽く話すことも、相談することも自信がない。

同僚とごはんを食べに行くのは、まだまだ遠い道のりになりそうだ。

自分の机へ戻ると、同じ課の芳澤《よしざわ》さんが電話の伝言メモを渡してくれた。

「ありがとう。内容は聞いた？」

「資料が見つかったって言ってましたよ」

「あぁ、じゃあ夕方にかけ直すようにします」

芳澤華《はな》、私が指導した後輩だ。全体的にふんわりとしたイメージだけれど、メイクや服は流行りをおさえ、仕事はテキパキとこなす。ハラスメントでもされようものなら笑顔で手厳しく反撃しているところを見かけたことがある。基本的には物腰は柔らかく、安心して仕事を頼むことができ、上司からも同僚からも人気がある。

指導しているときには、目を輝かせながら素直に話を聞いてくれていたし、私のことも先輩として慕ってくれていた。けれど、二年目に入ると、態度が変わってきた。以前は雑談もしたし、よく話しかけてくれていたが、今は事務的な連絡や仕事の話しかしていない。彼女も私との間に透明な壁があることに気が付いたのだろうか。

「あ、芳澤ちゃんは知ってた？　ナッシーが最近、お隣さんとごはんを食べてるんだって」

　正確にいうと、作ってもらったごはんを一緒に食べてくれるリハビリ相手だ。

　芳澤さんにそんなことを言っても、反応に困ってしまうだろうと思いきや、彼女は絶句というように固まっていた。

「え、あ、小鳥遊さんが、ごはん、お隣さん……」

「そうそう。だから最近肌の調子いいんだねって話をしてたんだよね」

　芳澤さんは睨《にら》むような視線を私に向けてきた。怒っているような、不満そうな。親しいそぶりはなくなっても、こんな風な表情を向けられたことはない。

　ランチのために席を立つ同僚たちのざわめきに、彼女はハッと我に返った。

「……伝言はお伝えしたので、失礼します」

　軽く頭を下げると、さっと身を翻した。

「さて、と。私も美味しいごはんを食べてこよっと！」

　種﨑先輩は両腕をぎゅーっと天井に向けて伸びると、芳澤さんの様子を気にすることもなく行ってしまう。

何がなんだかわかっていないのは、私だけなのだろうか。取り残されたような気分になるが、気を取り直してコンビニへ向かった。

一之瀬くんに見られたら怒られそうだけど、今日もエネルギーのゼリーと、ほんのわずかな罪悪感からフルーツ入りのヨーグルトを買った。

席に戻ると、引き出しから資料を取り出して、それを見ながらゼリーの蓋《ふた》を開ける。紙の上に並んでいるかわいらしい雑貨にしばし見惚《みと》れて、気合いを入れ直す。

さあ、楽しいお仕事の時間だ。

この会社では、年に一度の社内コンペが開催される。

企画内容は、『会社の未来をよくするための施策』だ。任意の参加ではあるけれど、私は毎年企画を提出している。通常の業務に支障のない範囲であれば、就業時間を起案に充ててもいいということになっている。仕事量はいつもと変わらない。少しタスクの少ない内に、企画を進めてしまわないと、締め切りに間に合わなくなってしまう。

だから、タイムカードを切った後も企画作りを進めているため、帰宅は終電になったり、逆に定時で会社を出て参考になりそうなものを見に行ったり……。家に帰ってからも、資料をまとめたり、アイデアを練ったりと、することはたくさんある。一日が二十四時間では足りない。そんな中で固定されている一之瀬くんとの契約ごはんは、本当は少しだけ、負担になっている。

　そんなわけで、今週は「二十三時に間に合いそうにない」という理由をつけて、食事会を延期してしまった。契約違反をしているのはこちらなので、食費はどうにか渡す方法を考えたい。

　残業で遅くなると話してしまった以上、早く帰るわけにもいかず、なんだかんだと終電まで残り、タスクを前倒しで終わらせてしまった。

　日が変わって少しという頃、音に気を付けながらマンションの廊下を歩く。そっと自分の部屋の前で足を止め、鍵《かぎ》を探っていると、キィッっとドアを開く音が聞こえた。音の方へ目を向けると、一之瀬くんがドアの向こうからこっちを覗《のぞ》いていた。私の姿を確認すると、嬉《うれ》しそうに近づいてくる。

「おかえりなさい。こんなに遅い時間まで大変ですね」

　覗き込んでくる顔には、心配が張り付いている。仕事をしていたことは間違いないけれど、嘘までついて今日やる必要のないタスクを片付けてきたのだ。堂々と彼の顔を見つめることができない。

「あ、そうだ。食事会はできなかったけど、食費は渡すから」

　封筒に入れて持ち歩いていた五千円を差し出すと、一之瀬くんは一度表情を硬くしたが、存外素直に受け取ってくれた。けれど、代わりとばかりに手に持っていた紙袋を差し出された。

（あっ……）

思わず引っ込めそうになる手を、辛うじてこらえた。

そこに引っ掛けるように渡された袋の中を、恐る恐る覗き込み、ぐっと息を止める。

（やっぱり、そうか）

小さなタッパーに、私が食べきれる量のごはんが入っている。小さなお弁当だ。

私の鬱々《うつうつ》とした気持ちと反対に、一之瀬くんははにかむように笑みを浮かべた。

「残業続きで、また顔色を悪くしているんじゃないかなと思って。好きそうなおかずを作っておいたので、少しずつ食べてください」

「あ、ありがとう。でも、そんなことしなくても――」

「じゃあ聞きますけど、本当に毎食ちゃんと食べていますか？」

「うっ……」

そこを突かれると、弱い。あまり気は進まないけれど、突っ返すこともできない。

「一緒に食べられなくても、せめてごはんは食べてほしくて」

「じゃあ……ありがたく……」

彼は私を気遣うように、「じゃあ」とすぐに自分の部屋へ戻った。

私も部屋に入り、手に提げた袋の重さに、深いため息を吐いた。

もらったお弁当は、次の晩からなんとか少しずつ手を付け、二日分の夕食となった。いつもより食べる量は減ったけれど、コンビニに寄る心の余裕もなく、タッパーを空にすることだけを考えた。

いつでも返せるように洗ったタッパーを紙袋に入れて、玄関の隅に置いて出社した。冷蔵庫が空っぽだというだけで、大きなタスクを終えたような清々《すがすが》しい気分だ。仕事も平穏に終えることができ、今日は一時間ほどの残業で帰ることにした。

初夏の日差しは強くなってきたけれど、夕方を過ぎるとまだ涼しい風を感じられる。足取り軽く、家路を辿《たど》る。

今日は何か食べたいという気になった。そうだ。お寿司《すし》がいい。駅前の回転寿司なら、カウンターもあるし、テーブルごとに区切りがある。人目もさほど気にならない。

今日は気分もいいし、四皿ぐらい食べられてしまうかもしれない！

何にしようか。クルマエビ、中トロ、シマアジ、ウニはどうだろうか、それとも初ガツオか、イサキか。ウキウキしながら、改札を通った。

よし、決めた！　今日はやっぱり——、

「たっかなっしさーん！」

ちょっと高めのお皿で、一貫ずつなら種類を多めに食べられるかな。

「小鳥遊さん？」

いや、何も聞こえなかった。私は何も聞こえていない。

「またお疲れですか？　ぼーっと歩いていたら、危ないですよ」

横に並ばれ、顔を覗かれては、もう知らないふりはできない。

さようなら、私の中トロ、アジ、ウニ……。

「一之瀬くん、元気そうだねぇ」

「ちゃんと食べていますか？」

じっと顔色を窺《うかが》われている。しかし、種﨑先輩に太鼓判を押された艶肌《つや》なのだ。それにここ三日は、栄養バランスを考えて作られたものを毎晩食べていた。顔色が悪いはずもない。

「差し入れは全部食べきりました。その節はありがとうございました。でも、もうあいうのは大丈夫だから。容器は今度返すね」

まじまじと見つめ続ける一之瀬くんから逃げるように、頭を下げた。

「お好みの味はありました？」

「好みも何も、好きなものばっかり入れてくれたんでしょう？　でも、そうだなぁ」

諦《あきら》める前に消費をしてしまおうと、淡々と無心で食べきった。それでも、彼の料理を嚙《か》みしめないのは惜しいから、しっかりと味わってはいた。

「きんぴらごぼうと、にんじんのナムルは特に好きだなと思った、かな」

ピリッと辛いほど生姜《しょうが》のきいたきんぴら、和風のナムルは優しい味わいだった。彼の実家で作っているという野菜は、店で出てくるものや、買っていたものよりも味がしっかりとしている。えぐみや妙なクセはなく、ほどよく甘い。それでいて、一之瀬くんの調理加減が抜群であるため、食感や歯ごたえが料理に対して最適だと言える。

けれど、無機質な容器に詰められた時点で、どんなに美味しい料理であろうと私にとっては魅力が半減してしまうのだ。いくらレンジで料理を温めることができたとしても、食べきれなくて辛《つら》い時間のことを思い出してしまう。

あの豆皿の名脇役ぶりを、改めて大事なものだと感じた。

私にとって彼との食事はリハビリのためで、未《いま》だにドアを開ける前に一呼吸が必要だ。そして彼の作る美味《おい》しい料理を心から堪能《たんのう》するためには、あの素敵な豆皿たちに彩られた食卓を囲む必要がある。

でも、それをどう伝えたらいいのか。言葉一つ間違えたら、大変な勘違いをもたらしてしまいそうだ。

「夜ごはんは食べました？」

一之瀬くんの問いかけに、小さく反応してしまう。

この帰宅ラッシュの時間、やはりその話題が出た、と思わず身構える。

「ちょっと、そこの回転寿司でも行こうかなぁって、思って」

彼は振り仰いで、ビルの中に入っている寿司屋を見上げる。

「寿司なら……炭水化物とタンパク質が摂《と》れますね」

「はい、気を付けます。お味噌《みそ》汁も飲むようにします」

ピッと背筋を正すと、彼はふわりと笑う。

「ゆっくりと食べてきてください」

どうやら付いてくる気はなさそうだと、ほっと胸をなでおろす。

ほくほくとした気持ちのまま別れようとすると、彼は「じゃあ、今話しておきますね」と切り出した。

「これから一週間ちょっと、調査に行くことになったんです。今週のごはんも一緒に食べることができなそうなんです」

「そんなに長い調査に行くこともあるんだ？」

一週間ちょっとという曖昧《あいまい》さは、長引く可能性が高いということだろうか。

その間は、差し入れも契約ごはんもないということだ。以前のような完全フリーに自分の時間で動くことができる。その間に集中してコンペの企画書を作ろう。

そう決意を固めるけれど、

「……そっか、来週もないかもしれないのか」

ほんの少し負担に感じることはあっても、私は既に彼の料理のファンになっている。差し入れはご遠慮したいけれど、一緒にごはんが食べられないと思うと、なんだか少し寂しいと思ってしまう。我儘《わがまま》だな、本当に。

顔を上げると、一之瀬くんはなんだかむず痒《がゆ》い顔で口元をひくひくとさせている。何かを言おうとしてこらえているような……。

(あ、もしかして、食費のことを心配させているのかな)

「費用は払うから、心配しないで？」

「そんなこと心配していません。っていうか、ごはんを作れない間は、いらないですから。それよりも、僕のごはんがなくても、しっかりと栄養の摂れるごはんを食べるんですよ！」

一人暮らしの我が子を心配するお母さんのようだ。疑っているような視線に戸惑いながら、帰ってくるまでに肌を荒らすことはできないと気を引き締める。

「だ、大丈夫、ちゃんと前よりは考えるようになってきたよ」

「本当ですか？」

じとっと目を眇《すが》めるけれど、いつからきみは私の母親になったんだい？

「いっそ、毎食僕が作れたらいいのに……」

ぼそっと呟《つぶや》かれるけれど、そんなことになっては、私のストレスがMAXになってしまいそうだ。そんな無謀なことは考えないでほしい。

「契約ごはんのことは気にしなくていいから」

これ以上変なことを考えないように、いち早く立ち去らないと。お寿司が私を待っている。まだすっきりとした気分のうちに、この場から離れよう。

「じゃあ、調査、頑張ってきてね」

「あ、小鳥遊さんっ」

何かを言いかけていた一之瀬くんを振り返るけれど、彼は苦笑を浮かべて私に手を振った。それだけなら呼び止めなくてもいいのにと思いつつ、私はぺこりとお辞儀を返して、今度こそお店へと足を向けた。


なぜきちんと彼の話を聞かなかったのか。その翌日に帰宅をした私は、ズーンと重い後悔に襲われた。

帰ってくると、部屋の前に小さな発泡スチロールの箱が置いてあった。冷蔵便で何かを注文した覚えはないし、宅配の人も放置することはないだろう。

猛烈に嫌な予感がする。

見なかったふりをしようかとも思ったが、こんなに大きなものに気が付かないのは不自然だ。それに初夏を迎え、気温や湿度が上がってきている現在、放置することは違った意味でも恐ろしい。

仕方なく家の中に持って入り、部屋着に着替えてから蓋《ふた》を開けた。目に入ってきたものに、深く息を吐く。

「やはりか」

悄然《しょうぜん》としながら、入っていた一筆箋《いっぴつせん》に目を通す。

『直接渡せればよかったのですが、よかったら召し上がってください』

小さなタッパーが、いくつも詰められている。おかずごとに分けられているのは、味が混ざらないようにといった配慮なのだろう。先日美味しいと言った、きんぴらとナムルも入っている。二、三食どころではない。四〜五日はかけないと食べきれない量だ。

本当に、どうしたものか。

呼吸がすべてため息になるほど、気が重い。

一之瀬くんの料理を食べたくないわけではない。私を心配してくれる気持ちもありがたい。けれど、

(苦手、なんだよなぁ)

いわゆる『つくりおき』というものが。

つくりおきには「食べないといけない」という精神的圧力がある。

残したところで、彼はそんなに気にしないだろう。きっと笑いながら、こんなに食べてくれたとか励ましてくれると思う。でも、違うのだ。私が私を許せないのだ。

普段は面倒くさくてどうでもいい食事だけれど、冷蔵庫に何か入っていると「食べきらなくてはいけない」という強制力が強く働く。どうでもいいどころか、食べることが苦痛になってしまう。

まるで小学校の給食のようだ。

思えば最初に食事に対して苦しさを感じたのは、小学校の給食だった。それまでは少食であっても、何かを言われることはなかった。けれど、小学校では「完食しましょう」という標語が通念としてあった。食べきるまでは食後の休み時間に入れない。いくら口に入れても、お皿は一つも空になることはない。先生の厳しい視線と言葉を受け止めて縮こまりながら、ただ必死に箸《はし》を動かす。昼休みは、ずっと給食を睨《にら》み続けていた。五時間目が始まる直前に大きなため息が聞こえ、片付けの許しが出る。

まず決められた量を食べることが苦手になった。そして次第に誰かと食べることが苦痛になっていった。

誰かと食べるときの視線、言葉一つに怯《おび》えてしまう。気になって、味を感じることができない。年齢が上がるにつれ、一人で食べることの快適さに慣れていき、食べることに対して雑にもなっていった。

食べられる量が少ないので、「食べたい！」と思った時の一食はとても大切だ。その反動からかそれ以外の食事は、どうでもいいと思ってしまう。絶食でもいいぐらいだけれど、それでは動けなくなるので、適当なもので済ませるようになった。

でも、『つくりおき』や『常備菜』といったものは、苦手だ。

冷蔵庫に何か食べ物が残っているということが、食べ残してしまったというイメージにつながってしまうのか、どうしても苦痛を感じてしまう。

一之瀬くんの料理は美味《おい》しいとわかっているのに、そんな気持ちで食べなくてはいけないのは苦しい。悲しくて、つらい。

彼が置いていってくれたタッパーは、私が好きだと言ったおかずばかりが詰められた宝石箱のようだ。本当は大切にしたい。

ふた月も差し向かいで一之瀬くんとごはんを食べられるようになったことで、だいぶ耐性が付いたのではと自信が生まれかけていた。

けれど、まだ彼の気遣いを心から喜んで受け入れられるほど、食事に向き合う気持ちは改善できていないということを痛感する。

今日はまだ夕食を食べていない。だけど、もらったばかりのタッパーは冷蔵庫へ押し込んだ。

空っぽだったはずの白い箱は、満足げに機械音を高らかに鳴らし始めた。苛立《いらだ》ちながら、埋もれた冷蔵庫の中を見つめる。けれど、気付いてしまった。

そうか、これだけの間、一之瀬くんの温かいごはんを食べることはないんだな。

そこから生まれてしまいそうな感情に蓋をするように、冷蔵庫のドアを閉めた。


(ついに、今日の夜にはなくなりそう……)

永遠になくならないのではと思っていたつくりおきの話だ。その日に食べたいものを少しずつ摘《つ》まんでいき、今は一つの容器に移し替えてある。

一之瀬くんが残していったお惣菜《そうざい》は、和食が多かった。特にこだわりはないけれど、和が続いただけに、洋風や中華に心がなびく。

社外の打ち合わせから部署へ戻りながら、珍しく今夜の献立を考える。

(残っていたのは、青菜炒《いた》めと鳥つくねだったから……サッポロラーメンでも食べちゃおうかな！)

普段は麺《めん》だけでも半分で気持ち悪いほどお腹いっぱいになってしまうインスタント麺だけれど、彼が言っていたように、食べているうちに少し食べられる量が増えた気がする。おかずがあっても、四分の一ぐらい食べられてしまいそうだ。

粉スープの分量に気を付けないと、とウキウキしながら今日中に渡しておきたい書類を届けに、種崎先輩のデスクへ向かう。そこでは、芳澤さんと先輩が楽しそうに話していた。芳澤さんはちらっとこちらに目を向け、すぐに先輩へと視線を戻す。

「今日は課に残ってる方も多いですし、みんなで飲みにでも行きませんか？　久しぶりに課の皆さんで情報交換がてら、いろんなお話伺いたいです」

幾人かが「いいねぇ」と賛同の声を上げた。思わず、書類を持つ手に力がこもる。

一之瀬くん以外の人と食事をするチャンスだ。

だけど、いきなりこんな大勢と……？

ツッと背に汗が流れた。口の中が急激に乾いていく。いつだか言われた嫌みが蘇《よみがえ》り、頭に何度も響く。

挑戦をしようと思って始めたリハビリのはずなのに、いざ直面すると勇気が出ない。

ただ一言「私も」と言えばいいだけなのに。

(無理だ、まだ……そう、今はまだ……ちょっと早いだけ……)

心の中で言い訳を重ねるけれど、こんなんで本当に同僚と会食なんて目標にたどり着けるのだろうか……。

芳澤さんの周りにいる同僚たちはどんどん飲み会に参加表明をしていき、調子よく上司に「お願いしまーす」と声をかけて盛り上がっている。

楽しそうに話していた種﨑先輩がこちらに気が付き、ちらっと壁の方に視線を移す。

私は彼女の指示通りに、廊下に隠れた。

笑い声が聞こえて、少しして先輩が部屋から出てきた。

「ナッシーは、今日予定があるって言ってたもんね。残念、また今度行こうね」

聞いてる人が不審がらないように、話を振ってくれている。私は俯《うつむ》くように頷《うなず》いた。

先んじて止めに来るほど、私はひどい表情をしているのだろうか。

「あの、これだけ渡しておこうと思って」

先輩に書類を差し出したところで、

「えー、今日もダメなんですか？」

響いた声にハッと目を向ける。部署の入口で、芳澤さんがいつものように柔らかな笑みを浮かべていた。

「小鳥遊さんもタスクが詰まってないはずだから、来てもらえるかなと思ってたんですけど。お隣さんとの約束ですか？」

笑顔なのに、棘《とげ》のあるバラのように言葉がチクチクと刺さる。

「えっと、お隣さんとの約束ではないんだけど……」

「久しぶりに、小鳥遊さんともごはんを食べたかったんですけど」

「ごめんね」

「まあまあ、ナッシーは社内コンペの締め切りも迫ってるし、また今度ってことで」

「今度、絶対ですよ」

不承不承といった様子の芳澤さんは、種崎先輩に背を押されるように部屋へ戻っていった。ふぅと胸の奥底から安堵《あんど》の息が漏れる。

部屋の中から漏れる明るい声。みんなで店を吟味する楽しそうな話題。それらにクルリと背を向けた。折よく荷物は持っている。タイムカードをオンラインで記入し、そのまま会社を出た。

しばらくぐんぐんと風を切るように歩き、駅が見えたところで足を緩めた。

「……いいなぁ……」

ぽつりと零《こぼ》した呟《つぶや》きを拾う人はいない。帰宅を急ぐ人たちが、どんどん私を追い抜いて、改札の向こうへ消えていく。

飲み会の席に私がいないと気が付く人は、いるだろうか。いや、いないな。だって、数年間出席したことがないんだもの。そう考えると、私にまで目を配ってくれた芳澤さんは、優しいと言えるのかもしれない。

「あ、資料……」

家で企画書作りを進めようと思ったけれど、データは途中までしかない。アイデアノートは会社に置いてきた。

取りに戻るか考えて足を止めた一瞬、電車に乗ろうと改札に駆け込んだ人とぶつかり、激しく尻《しり》もちをついた。相手は申し訳ないという表情を一瞬だけ私に向けるが、そのまま姿を消した。

構内を歩く人たちも、何かあったのだろうかという視線だけ向けるが、すぐに自分へと意識を戻して通り過ぎていく。誰かに助け起こしてもらいたいわけではない。大きなケガをしたわけでもない。

自分で立ち上がり、裾《すそ》を払って、何事もなかったかのようにホームへと向かう。誰の記憶にも残らない、つまらない日常の一風景だ。

でも、とてつもない寂しさが心に積もっていく。

今頃、先輩や芳澤さんは、楽しくおしゃべりをしながらお店に向かっている頃だろうか。でも、その中には私はいない。誰のせいでもない。私がつまらないこだわりを抱いているせいだ。

むなしい気持ちのまま家に着き、鍵《かぎ》を取り出そうとしたところで、ふと隣の部屋へと目が向いた。いつも騒がしいわけではないけれど、いつも以上に廊下がシンとしている気がした。

お隣さんは、まだしばらく留守のはずだ。

何かに囚《とら》われそうな気がして、急いでドアを開ける。部屋着に着替える余裕もなく、手を洗うとすぐに冷蔵庫を開けた。

やっとなくなる……と思っていた、一之瀬くんのごはん。レンジで温めることもなく、青菜炒めを指で摘まんで口に入れた。

しゃくしゃくと小気味いい音を立てながら、ごま油と中華だしが口の中へ広がっていく。繊維は残るけれど、嚙《か》み切りやすいような柔らかさになっている。にんにくが薄くきいていて、一之瀬くんが私のことを考えて作ってくれたことがよくわかる。

寂しい。

こんなに気持ちが昂《たかぶ》ったのは、久しぶりだ。その感情を押し込めるように、次の青菜を口に入れた。

頰を温かいものが伝うことには気が付かないふりをして、私は冷蔵庫の前に座り込んで、一之瀬くんのごはんを味わい尽した。


翌朝起きると、身体中がバキバキに固まっていた。それもそのはずで、冷蔵庫の前で、食べながら寝入ってしまったようだ。歯磨きもメイク落としもしていない。慌てて時計を見上げると、いつもの起床時間より一時間ほど早い。安堵の息を吐きつつ、出社の支度をするために立ち上がった。

身支度を整えて、空になっていたタッパーを洗っても、いつもの出社時間よりも少し早い。家の中で特にすることもないので、ゆっくりと出社することにした。

朝の日差しは、次第に夏へと近づいてきている。もうそろそろ日傘の出番かなと思いつつ、手で顔に陰を作る。このまま会社で、企画書作りを始めるのもいいけれど、なんだか今日はすぐに仕事を始める気持ちになれない。

どうしようかと思ったところで、会社の前にあるカフェが目に入った。シアトル系コーヒーチェーンで、何度か入ったことがある。

いつも朝ごはんは食べないけれど、なんとなく時間つぶしをしようという気になった。本当に、胃が大きくなってきているのかもしれない。

システムに戸惑いながらも、カフェラテとレジ横に並んでいたフィナンシェを購入した。

長居するつもりもないので、空いている窓際のカウンターに腰を下ろす。歩いている人たちをゆっくり観察するなんて、不思議な感じだ。

いつだったか上司にどうすれば企画を思いつくことができるのかと問うた時に、人間観察をしていると言っていた。その上司は、休みの日に街中でぼーっと座って、人の話に耳をそばだてたり、見知らぬ人の行動にどのような理由があるのかを考えることが参考になると言っていた。

私もカップに口を付けながら、人の流れを見つめてみた。普段興味を持っていないのに、突然やってみたところですぐに何かをつかめるはずもない。けれど、なんだか気が楽になったような気がしなくもない。こんなに人がいるのに、みんな同じような顔で通り過ぎていく。それでも、一人一人抱えている悩みは違うのだ。

「お嬢さん、横の席よろしいですか？」

「あ、はい」

突然かけられた声に驚いて顔を向けると、そこに立っていたのは種崎先輩だった。

顔見知りの登場に目を瞬《しばた》いていると、先輩は笑いながら横の席に座った。

「出社前にここでコーヒーを飲むのが日課なんだよね。珍しい顔を見つけたから、つい声かけちゃった。本当に座って大丈夫？」

改めて確認されると緊張してくるが、どうぞと手で促した。カフェラテも焼き菓子も残りは半分ほど、先輩が手にしているのはこんもりとクリームの盛られたプラカップだ。

大丈夫。これぐらいなら、会食には入らない。

早くなりそうな鼓動を抑え、何気ないそぶりでカフェラテを口にした。

先輩はじっと私の顔を見つめている。

「な、何か？」

挙動不審な行動でもしたかと不安になったが、先輩はふっと安堵したように笑った。

「いや、昨日ちゃんと眠れたようで、よかったなって」

「はい。お腹いっぱいになって、気付いたら寝てました」

心配をかけているという申し訳なさを感じつつも、優しさをありがたく受け取る。

「昨日はどうでした？」

「いや、もうひどいもんだったよ。課長は新人に絡むし、早々に酔っぱらった人たちは大声で歌いだすし。いやぁ、来なくて正解。私も芳澤ちゃんも、早めに帰ったよ」

うんざりといった口調は、本心からのようだ。行かなかったというより、行けなかったのだけれど、期せずして面倒を回避できたようだ。

私も苦笑交じりの愛想笑いを返す。

「あんまりひどかったもんで、朝からこんな高カロリーなものを頼んじゃったけどさ、ナッシーに会えたから昨日のことも、まあ、よかったのかも。ゆっくり話すのも久しぶりだよね」

目じりが細くなり、喜んでくれているのだと胸が温かくなる。

「……先輩にはいつも助けてもらって……本当に感謝してます」

こうして先輩とコーヒーを飲むことすら、数年ぶりかもしれない。食事までは辿《たど》り着けなくても、リハビリの効果は少しずつ出てきているのだと実感することができた。

意を決して、残りのフィナンシェに口を付ける。そのまま押し込むように食べきると、先輩は目を丸くしていた。必死に口を動かしながら、バターとアーモンドの香りを感じていた。ただのお菓子の一欠けらだけれど、先輩の前で食べることができた。

味わったかというと微妙だけれど、ちゃんと味覚は働いている。

先輩はさて、と立ち上がった。

「今度は、本当にごはんでも食べに行こうね、ナッシー」

輝くような笑顔で去る種崎先輩の後ろ姿に頭を下げる。昨日はまだまだ無理だと絶望的な気分になっていたけれど、今日は新しく希望を持つことができた。

そのきっかけを作ってくれたのは、紛れもなく昨日の夕飯だ。

彼の残してくれたつくりおきを、どうでもいいごはんと同じように食べていたのは、勿体《もったい》ないことだったと今更になって思う。

昨日冷たいまま食べてしまったごはんは、嚙むごとに優しさが身体に染みこんでいくようだった。冷蔵庫に料理が残っているのが苦手なことには変わりないけれど、少しずつ変わってきているのだ。

一之瀬くんが帰ってきたら、精一杯の感謝と共に容器を返そう。そして、きちんと告げよう。

次は、作ったばかりのごはんを食べたい、と。


「小鳥遊さん、これで大丈夫ですか？」

四月に入社した新人さんが、不安そうに私を見つめた。緊張させないように、私は笑みを浮かべた。いろいろな部署を回る研修の後に、正式な配属先が決まるのだ。

今日は私が教育担当を引き受けていた。会議資料の読み込みと校正を一緒に行い、準備の段取りを教える。

「会議に参加予定の人数にプラス三部ぐらい刷っておくと、急な参加者がいても慌てずに済むからね」

「これって、全部ホチキス止めするんですよね」

「出力するときに設定をするといいよ。印刷されたものからコピーする場合は、ここで……」

新人さんは説明の一つ一つにしっかりとメモを取っていたり、些細《ささい》な雑用にも真摯《しんし》に取り組んでくれている。呑《の》み込みが早いのは、仕事に対する姿勢もあるだろう。彼女がどこの部署を志望しているのかはわからないが、営業でもこの真摯な取り組み方は大きな戦力になるだろう。

「小鳥遊さんは、お昼はどこに行くことが多いですか？」

昼の休憩時間が間近に迫ってきた時、新人さんが何気なく言った。彼女にしてみればただの雑談であり、ささやかな情報収集だ。

ドキリと思わず警戒の姿勢を取ったのは、私がこの話題に敏感すぎるだけだ。

「え、えーっと、そうだねぇ……」

正直に言うと、お昼ごはんをまともに摂《と》ることは少ない。大抵仕事をしながらバランス栄養食やゼリー……なんて言ったら、ブラックな職場だと捉《とら》えられかねない。

しかし、ごまかすにしても、近隣の飲食店事情に詳しいはずもない。

「社食も安くて美味《おい》しいって人気があるし、外出のついでにとったりっていうこともあるかなあ。周りにもたくさんお店があるから、少しずつ開拓していくのも楽しいんじゃないかな」

笑みが引きつらないように気を付けながら言うと、新人さんはパッと顔を輝かせた。

「小鳥遊さんのおすすめのお店に連れて行ってもらえませんか？　私もそこから開拓していきたいです！」

どうしようかと戸惑っていると、

「小鳥遊さんは午後の準備があるでしょうから、よかったら私と行きましょう？」

思わぬ助けは芳澤さんだった。私には一瞥《いちべつ》もくれず、新人さんに極上の笑みを見せている。新人さんはポーッと見惚《みと》れていたが、私に窺《うかが》うような視線を向ける。

「それなら、私もお手伝いを」

「こっちのことは大丈夫だから、行っておいで」

「今からフルスロットルで構えてると、後半でバテちゃうよ。それに、小鳥遊さんはお店の事情に疎いから、私の方が知っていると思うの」

ようやくこちらに向けた瞳《ひとみ》は、変わらずに柔らかに細められている。そこに寒気を感じてしまうのは、穿《うが》ちすぎだろうか。

「疎い……ですか？」

戸惑っている新人さんに、芳澤さんは「理由は、聞かないであげてね」と、憐《あわ》れむような微笑を浮かべている。これではまるで、私が味音痴か、人として重大な問題を抱えているかのようではないか。

助けたのか、貶《おとし》めているのか、泥船のような口添えだが、私には縋《すが》るほか道がない。私も彼女に合わせるように寂し気な笑みを浮かべた。

新人さんはこれ以上聞いてはいけないという決意の表情を浮かべ、私に頭を下げると、芳澤さんについていく。

よかったと納得していいものかは迷うところだが、新人さんは空気も読めるという評価も付け加えておこう。

芳澤さんの新人歓迎会が、私にとって最後の飲み会参加だったはずだ。彼女とランチに行ったことはあっただろうか。

（いつからだっけな。二年目の途中までは、普通に話してた気がするんだけど）

はっきりと態度の変わった時期というのも浮かばない。徐々に失望された……と思うと慚愧に堪えないが、気が合わないと判断されたのであれば、それは仕方がない。

それでも芳澤さんが私を助けてくれたことは間違いない。不摂生が新人さんに見つからないようにしなければならない。

午後に向けた準備は終えているので、ひとまずコンビニへ向かうことにした。

昼休み中で人の多いエントランスを、ゆっくりと歩く。

外の店に食べに行く人やテイクアウトを買いに行く人、午後からの予定のために移動を急ぐ人など、それぞれが明確な目的をもって動いている。

いつもは仕事の片手間にお腹を満たせるもので済ませている。でも今日に限っては、おにぎりでも買ってみようかなという気になった。

何故かなんて考えるべくもない。

私の少食をわかって、量を食べさせようとはしないくせに、「バランスよく食べることが大事ですよ」と生意気な口を利くお隣さんのせいだ。

「……もう二週間近く経つのに、な」

相変わらず、隣から生活音が聞こえてくる気配はない。

いつでも返せるようにきれいに洗ったタッパーも紙袋にスタンバイさせているのに。

調査で何か問題でも起きたのだろうか。それとも、事故か何かに……浮かんでくる悪い妄想に頭を振った。

もしかして、帰ってきたくないのでは？　私が面倒くさそうに断っていたから、誘うことにも作ることにも嫌気が差してきたとか⁉……だから考えすぎだって！

一緒に暮らしているならともかく、隣に住んでいる人のためにそこまでする必要はない。

妄想しながら歩いていたが、気付けばコンビニのおにぎりコーナーの前に着いていた。今日はここから選ぶことを課して、目を瞠《みは》った。

（今って、こんなに種類があるの⁉）

コンビニは常連であるが、いつもはもっと手前で商品をさっと手に取り、レジへと向かう。帰宅途中に、時折おにぎりやパンのコーナーに来ることはあれど、残っているものを適当に取るだけだ。

こんなにたくさん並んでいるところを見たことはなかった。

昆布におかか、シーチキンといった昔ながらの定番だけではなく、チャーハンだとかおこわだとか、具も、ごはん自体も、変わり種のものが多い。

なにこれ、迷う。どれも美味しそうだし。

おにぎりという以外、特に食べたいものというものを思い浮かべていなかった。

だから銀シャリでもいいのかもしれないが、頭の中のお隣さんが「栄養！」と連呼してくる。

初めて一之瀬くんとごはんを食べたときに、彼でさえ、自分の好みの味をわかっていなかった。おにぎりという数多《あまた》の種類を目の前にして、改めて私も自分の好きなものを考えてみる。

腕組みまでして悩んだ末に、一つのおにぎりを手に取った。

自分で積極的に選べたという満足感に、食べる楽しみが湧いてくる。

お茶も手に取ってレジに並ぶと、見覚えのある店員さんが目を丸くしたのがわかった。もしや、顔を覚えられているのだろうか。しかし彼はふっと柔らかな笑みを口元に浮かべただけで、スムーズに会計を進めてくれた。

デスクに戻ると、早速おにぎりを取り出す。

焼き鮭の写真は、まるで焼きたての香りが漂ってくるようだ。いつもは資料などを確認しながら何を食べたかなど覚えていないランチタイムを過ごしているけれど、今日は「ながら食べ」をする気はない。

思い出したのは、一之瀬くんが作ってくれた鮭フレークだ。わざわざ焼いた鮭をほぐしてくれたものを、ごはんにかけたり、野菜と和《あ》えたり。家で作る料理にそんなに手をかけるなんて、と驚いたけれど、とても美味しかった。

その記憶が蘇《よみがえ》ると、どうしても鮭のおにぎりが食べたくなったのだ。

いただきますと心の中で唱え、ピリピリと包装を破っていく。海苔《のり》の香りが鼻に届き、たまらず嚙《か》みつく。

パリッとしたかすかな抵抗を突き破った後に、ふんわりとしたものを捉えた。冷えてはいるが、お米はふっくらとしている。一粒一粒がしっかりと主張して、嚙むごとに甘みを感じる。食べ進めていくと、紅色が薄《うっす》らと見え、少々きつい塩気が混ざってきた。舌をピリリと攻撃する塩気を、お米が包み込む。バランスのよい具がなくなってしまうと、最初は甘みを感じていた白米も少々物足りなくなった。

(そうか、味の強いものを挟んだから、同じものでも感じ方が変わるんだ)

一之瀬くんの料理は、どのおかずから箸《はし》を付けても、他の味を邪魔することはなかった。おにぎりは、一つで食事として満足してしまったけれど、一之瀬くんの作るものは、豆皿に載せられたすべての料理で一つとして完成している。

その違いはなんだろう。

仕事中のお昼ごはんは、ただ口に放り込むものだった。ここまで舌に神経を集中させたことはない。

でも、真剣に向き合うことで、新たな発見があった。

妙な高揚感に包まれる。

これを企画に落とすことはできないだろうか。

一番下の引き出しにしまってある赤いノートを取り出す。コンペのアイデアをまとめているものだ。提出の期限は近づいてきているのに、企画がまだまとまりきれていない。そんなときには、パソコンよりも紙に書き散らすほうが有用だ。

未来をテーマに、子どもを主体にしたイベントを提案しようと考えている。けれど、ワークショップ・体験イベントなど、既存のものとの差をどう付けようかというところで行き詰まっている。

そもそも、子どもにとっての未来って、なんだ？

憧《あこが》れ？　不安？　遠いもの？

（これは調査が必要だなぁ）

調査方法は要検討と書き込む。

大人の望む子どもたちの未来をテーマにはしたくない。私は多くの大人に認められるような子どもではなかったから、その窮屈さは知っている。

（好きなものを好きなように追求できること……うーん）

ふと、一之瀬くんに聞いてみたら、どんなことを言ってくれるかなと考えた。けれどすぐに、自分のことを語ってくれるよりも、小難しい研究や調査地での問題になって、彼が自分の世界に耽《ふけ》ってしまう光景が思い浮かび、苦笑する。

アイデアは思い浮かぶことがないまま、昼休憩の時間が終わりに近づいてきた。

ノートを引き出しに戻し、会社を出る準備に取り掛かる。歯磨きをして戻ると、芳澤さんと新人さんが会話を弾ませながら戻ってくるのが見えた。

ズキリと胸が痛む。

頼りがいのない先輩でごめんねと呟《つぶや》き、笑顔で二人に声をかけた。

クライアントとイベントの内容をすり合わせ、そのままノベルティの下見を済ませて、駅で新人さんと別れる。今日は直帰だから、いつもより少し早い。

華の金曜日。楽しそうに寄り道の計画を練る人やどこかへ急ぐ人の姿が、あちこちに見える。

家にはもうお惣菜《そうざい》は残っていないのだから、夕食をわくわくと選ぶことができる。なのに、お昼のおにぎりで満足したからか、食べたいものが何も浮かばない。

どうしようかと迷っているうちに、マンションが見えてきてしまった。そこに大きなリュックを背負って、手にも大きなバッグを提げている姿が目に入った。

足取りが自然と速まる。

声をかけるよりも先に、後ろ姿が私を振り返った。

「あ、小鳥遊さん！　おかえりなさい」

気の抜けるような笑顔に、なんだか目元がじんわりと熱くなった。

「おかえりはこっちのセリフでしょう」

そう返すと、彼はぐったりという様子で肩を落とす。

「教授の無茶ぶりで、僕だけ居残り調査をすることになりまして。まあ、バイト代を出してもらえるからいいんですけどね」

「……大変だったみたいだね」

妄想の欠片《かけら》ぐらいは当たっていたようだ。

「その分、いい話を聞けたと思います。それに、お土産もちゃんと買ってきていますからね！」

「そんなのいいから、自分の食料を買いなさい！」

何のために救済措置を発動していると思っているのだ、まったく。

「まあまあ、楽しみにしていてくださいよ」

ということは、契約はまだ続くんだ。思わずほっと息が漏れた。

……ん？　私は何を安心したんだろう？

「あ、そうだ。タッパーを返したいな」

「荷物を置いてきてもいいですか？」

「もちろん、そっちに持っていくから待ってて」

バッグを置き、用意しておいた紙袋を持つ。そこに、帰る途中で買ったものをポンと載せた。

ドアを開けて廊下へ出ると、一之瀬くんもちょうどドアを開けたところだった。

ごちそうさまでしたと一応頭を下げ、袋を差し出す。

「あの、さ……もうこういう差し入れはしないでいいよ」

彼は首を傾げた。

「何か嫌いなものでも入っていましたか？　あ！　傷んでたり!?」

「違う、そういうんじゃなくて」

……つくりおきが苦手だということを、上手《うま》く伝えられる言葉が見つからない。

やはり素直に告げることはできず、視線が床をうろちょろとする。

「次は、温かい状態で食べたい、な」

返事がないことに不安を覚え、一之瀬くんを見上げる。思わず眉根《まゆね》が寄った。

「なに、その反応」

「ちょっと……ものすごく感動していまして」

彼は両手で顔を覆って、なぜかゆっくりと数字を唱えている。十まで数えたところでようやく顔を上げたが、少し困ったような表情をしている。

「あ――、すっごく嬉《うれ》しいお誘いなんですが、すぐに終わらせないといけないことがあるので、ごはんは来週の土曜日でもいいですか？」

そうだ。彼にだって日常がある。

私が忙しくしていたのと同様、一之瀬くんにも身動きの取れない時間はあるだろう。

お互いのタイミングが合わないことがあるのは当然だ。

楽しみが延びただけだ。次に何を作ってもらうかは、まだ考えていなかった。それを考える時間として楽しみにしよう。

「……もちろん！」

いつもと変わらない顔で答えられたはずだ。

何を作ってもらおう。どうしよう、来週だ、来週のどよう……。

思わず緩んでしまいそうになる頰を抑えていると、

「はぁ――」

一之瀬くんから漏れた大きなため息に、驚き、思わず彼の表情を窺《うかが》った。

うんざりとしている様子ではない。どちらかというと、悔しがっているようだ。

「なんでこんな時に、やることがたくさんあるんだ。なんか大きなものを逃しそうになっている気がしてならない、うあぁぁうぅぅぅぅ」

な、なんか急に錯乱し始めた？

「大丈夫？　フィールドワークがそんなに大変だったの？」

調査の間はずっと現地に滞在していたはずだ。一日中ずっと仕事をしている気分になったりはしないのだろうか。

彼は調査の様子を楽しそうに語っていたから、苦にはならないのかな。

出張のようにホテルに泊まることはできるのだろうか。相部屋で誰かと何日も一緒に生活を共にするのであれば、たとえお人好《ひとよ》しの彼でも、疲れは出るかもしれない。

「それは、いつも通りで……でも今回は無茶ぶりがすごかったから、癒《いや》しはほしい。帰ってきたばかりでごはんはないんですけど、せめてお茶だけでもしませんか？」

「いいの？　疲れてるなら、今日はもうゆっくり休んだ方が……」

「違うんです。身体の休憩よりも、心を休めたいんです。是が非でもお茶を飲んでいってください！」

ものすごい勢いとともに、縋《すが》るように手を握られる。

「……でもさ、私もいろいろ溜《た》まってるから、多分愚痴ばっかり話すことになるよ。そしたら、癒しも何もないでしょう？」

「二人で愚痴りあって慰めあって浄化しましょう！」

助けを求めていたのだろう手が、次第にルンルンと浮かれるような揺れに変わっていることに笑みが浮かぶ。

「……じゃあ、少しだけ。お茶は私が淹《い》れるから座ってて」

「え、お茶淹れられますか？　鍋《なべ》は熱くなるから気を付けてくださいね」

「なんか誤解してない？　料理も作るだけならできるんだからね」

何度かお邪魔しているから、一之瀬くん宅のキッチンの勝手もわかっている。

そわそわとしている家主を追い立て、荷解きがてらの小憩を取ってもらう。行平鍋《ゆきひらなべ》で湯を沸かし、ティーカップを用意する。食器類は充実しているのに、ケトルなどの必需品のような器具がないというのが、なんともおかしな家である。

お茶コーナーには、私が以前手土産に渡した紅茶の箱が置いてある。二人ともミルクも砂糖も入れないブラックティーで飲むことが多い。

座っててと言ったはずなのに、彼は立ち上がり食器棚から豆皿を取り出した。陶器の平皿で、ぼってりと温かみのある器だ。

それだけを取って座っていた場所へ戻ると、私が何気なくタッパーに添えたマドレーヌを豆皿に載せていた。

蒸らし時間を経て、紅茶を載せたトレーを彼との間に置く。だらりと気を抜いて座っている彼にカップを差し出した。

律儀に私のことを待っていた彼は、いただきますと手を合わせ、ようやくマドレーヌを口に運ぶ。

「うまっ！　なんかすごくふわふわですね」

「米粉を使っているんだって。アレルギーの人でもなるべく食べられるようにね」

「で、形が違うってことは、こっちは味が違うんですか？」

どちらも二枚貝の形だけれど、一つはすらっとした細長い貝殻、一つはずんぐりむっくりとしていた。

「シュッとしている方は、伝統的なレシピで作られてるんだって。卵とバターにお砂糖、小麦粉とバニラ。今度のイベントでノベルティとして配る品のリサーチで店を回っててね。美味《おい》しそうだから、つい買っちゃったんだ」

いつ帰ってくるかわからなかったし、一人でも食べられるように一つずつしか買ってこなかった。彼は当たり前のように、それを半分ずつにして皿の上に載せていた。

育ってきた環境が違うと、当たり前の行動も変わるんだな。

ふと、唐突に理解をした。

彼は包み込むことが自然な世界に受け入れられ、またそれを倣って生きてきたのだろう。私には理解できないところが多いのもやむを得まい。

でも、それが、新しい発見となって、面白みを覚え始めている。

もそもそと腹を満たすのみの自宅ごはんは、買ってきたままを、飲食してポイだ。けれど、彼にとっては自前であれ、買ってきたものであれ、料理を彩ることが身についている。

豆皿を使うのも自然なことだったのだろう。けれど、器にこだわったことのなかった私には、目を開かせることだった。どちらが悪いわけではない。簡便か見栄えか、優先すべきことは状況にもよる。目の前のマドレーヌと一緒だ。

私の目指す企画書のゴールは、なんとなくここにあると感じた。

まったく味わいの違う両者をしっかりと味わい、紅茶で口の中をすっきりとさせる。ゆっくりとした時間に、トゲトゲしていた気持ちも和《な》いでいた。

「いつものことなんですけどね、勝手にどこかに行くわ、人に仕事押し付けて自分の調査を優先するわ、アポとらずに人の家に急に上がり込もうとするわ、調査といいつつカフェに入り浸るわ、移住計画立てるわ。あ、前半は教授で、後半は学生たちなんですけど。もう本当に、自由っていいなあって思いました」

覇気のない声で、どこか遠くを見つめている。

まだ学生なのに、中間管理職のようなことをさせられていたら、そりゃあ疲れることだろう。それでも彼の姿は、私には眩《まぶ》しい。

「それで、小鳥遊さんは、何に憤っていたんですか？」

「怒ってるというか、自分が情けなくてイライラとしたというか。仕事にトラブルが起きてるわけじゃないんだけど、なんか知らない内に厭《いと》われてたということに凹《へこ》んでる……のかな」

話しながら整理をしていて気付く。

そうか、私は嫌われていることに落ち込んでいたのか。

自分の意気地のなさや、誰かと食事へ行くことのコンプレックスに嫌気が差しているのだと思っていた。けれど、それだけではなかったようだ。

「仕事に問題はないし、気配りのできるいい子だから、余計にね。何をしちゃったんだろうって」

「うーん、人間関係は、いつの時代も一番の悩みだとも言いますからねぇ」

「人には相性があるし、みんなに好かれるなんてことは無理だとわかってるけど、苦手なら仕事以外はそっとしておいてほしいっていうのは、わがままなのかなあ。仕事とプライベートは全くの別！　って言いきれればいいんだけどね」

「わかってるからって、呑《の》み込めるとは限らないですもんね」

アドバイスをするでも聞き流すでもなく、ただ聞いてくれるということが心地いい。相手の気持ちをこちらの都合で変えることは出来ないし、自分を変えることも簡単なことではない。今のままでいいとは断言できないが、どうにかしようと必死になるほどの余力もない。

そういうところが、信頼に欠けるのだろうか。

紅茶を飲み干すと、すでに日を越えようとしていた。

明日《あした》のことや、帰ってきたばかりの彼のことを考えると、すぐに辞去しなければならない時間だ。

チラリと一之瀬くんを窺うと、彼は感付いたように「今日はありがとうございました」と頭を下げた。

「お茶に付き合っていただけて、僕の疲れはすっかりと癒されました」

胡乱《うろん》げに彼を見るが、本当に満足そうに顔色をつやつやさせている。まあ、マドレーヌが美味しかったし、甘いものは疲れを癒すというし。

「寝る前の時間に毒を吐いてごめんね」

「僕も聞いてもらってすっきりしましたよ。ところで、来週のメニューなんですけど」

胸がツキリと痛んだ。

今日は、食べたいものがないときでも自分で選ぶという一歩を踏み出したけれど、まだ料理全体を頭の中で考えようとすると、頭が真っ白になってしまう。

「あ、えっと……」

「よかったら、僕が決めてしまっていいですか？」

私の思考を読んだように、一之瀬くんはすぐに自分の言葉を引き取った。私がこくんと頷《うなず》くと、彼はホッとしたように笑みを浮かべる。

「嫌なこともくるくるくるっとまとめて食べられちゃうものを用意しておきます」

じゃあ、おやすみなさいと優しい声に見送られ、自宅へと入った。

くるくるとまとめる食べ物ってなんだろう？　肉巻き？　春巻き？　それともクレープとか？　思い浮かぶものはあっても、一之瀬くんが思わせぶりに言うメニューだとは思えない。

彼は私の好みをかなり把握している。いつもはその日に訪れて用意されたものを食べるだけなのに、今回に限って事前に思わせぶりなことを言うから、余計期待が高まってしまう。

イベントを楽しみにしている子どものように、土曜日が待ち遠しいものとなった。


約束の日までは一週間以上あった。期待でそわそわしそうになる気持ちを必死で抑え込んで、日々を過ごしていく。

その間も、以前とは違い、適当に食事を済ませることは少なくなっていた。

出会いがあんなだったからか、リハビリだからか、彼との食事は極度に緊張することもなく、三週間も遠のいている今では寂しいと認めるほどになっている。

おかげで種﨑先輩とコーヒーを飲むことができたし、自分で食べるものを少しずつ選べるようにもなってきた。

食事を楽しむということが、少しずつわかってきた気がする。

お昼ごはんをコンビニで済ませることは変わらなくても、おにぎりにしようか、パンにしようか。どの味を選ぼうかと考える。

量り売りのお惣菜《そうざい》を売っているお弁当屋さんを見つけたことで、夜ごはんはそこで買うことが増えた。買ってきたお惣菜をパックのまま食べるのではなく、お皿に移し替えて食べるようになった。豆皿はほとんどないので、インスタなどで見かけるカフェの盛り付けを参考に、一つのお皿に数品のおかずを並べる。

量は少なくても、それだけできちんと食べられているという満足感と安心感を得るようになってきた。

まだ誰かを誘うことも誘われることにも一歩を踏みだすことはできないけれど、確実に前進できているような気がする。

そしてようやく約束の日がやってきた。久しぶりに一之瀬くんの部屋を訪れた私は、驚愕《きょうがく》して目を見開いた。

「テ、テーブルがある！」

壁は埋まっていても、真ん中にぽっかりと空いていた空間に、古めかしいローテーブルが置いてある。長方形の、いわゆるちゃぶ台と呼ばれるものだ。

ピクニックのように食べるのも楽しかったけれど、どうしても姿勢が悪くなることで、後半は寛《くつろ》ぎに欠けるということがあった。

「どうしたの、これ？」

興奮のままに尋ねると、一之瀬くんは満足げだ。

「後輩が処分するっていうので、もらったんです。大きさがちょうどいいなあと思って」

確かに二人分のお皿を並べて、少し余るぐらいの大きさだろうか。ちゃぶ台の前には座布団も揃えられている。こちらはどうやら新品のようだ。

「さあさあ、座っていてください。今用意しますから」

いつもは芳しい香りに満たされているのに、今日はほとんど匂いがしない。強いて言えば、酢漬けのような香りがしている。

残念な気持ちが半分、何を用意しているのだろうという期待がもう半分だ。

言われたとおりにおとなしく待っていると、ちゃぶ台の真ん中に大皿が置かれた。扇形のお皿の上には、宝石のように刺身が並べられている。

ツナマヨやねぎとろ、刻んだ大葉などの小鉢が、彩りを添えており、一枚絵のように美しい。その横には全形の海苔《のり》を四分の一に切ったものが積み重ねられた。まるで強固な城のようにそびえている。

そして小さなおひつに入れられた酢飯が、一之瀬くんの側に置かれていた。

彼が全部お給仕をするつもりだろうか？

手巻き寿司《ずし》は憧《あこが》れのパーティーメニューだけれど、二本ぐらいでお腹いっぱいになっちゃうかな……。

胃を撫《な》でていると、彼は「小鳥遊さんにはこっちです！」と、深い青の大皿を差し出してきた。海苔と同じぐらいの白い紙のようなものが載っている。

少食民は紙でも食っとけってこと？

しょぼくれながらよく見ると、薄《うっす》らと透けている。ツヤツヤとした光沢もあり、春巻きの皮に似ている。どこかで見たことがあるような気がした。

「なんだっけ、東南アジアのほうの……」

「ライスペーパーです！　小鳥遊さんはただの手巻き寿司だと、いろんな種類を食べられないじゃないですか。だから、ごはんの代わりにライスペーパーにすれば、見た目もきれいだし、いろいろ試せるんじゃないのかなって。海苔はお好みで使ったり、使わなかったりしてください」

今の私は、ハトが豆鉄砲を食《く》ったような顔、というものをしているのではないだろうか。確かに原料はお米だろうけれど……、

「これって、ただの生春巻きじゃないの？」

「いいえ、お米に海鮮を巻くので、手巻き寿司？　です」

今、自分でもちょっと疑ったじゃん。

じとりと一之瀬くんを見ていると、彼はごまかすように、「あとは」と言いながら、再び立ち上がる。

いつもより小さなトレーには、豆皿が整列している。青海波の文様皿や、魚、貝殻、

星……いやヒトデの形だろう。今日は海モチーフでそろえたらしいが、なぜか箸置《はしお》き代わりの豆皿は、大きな魚に乗ったおじいさんだ。確か七福神の一人だ。これも魚つながりということなのかな。

「普通の手巻きと趣向を変えて、味変のためのタレを作ってみました！」

甘酢ダレのジュレ、コチュジャンをベースにした辛味噌《からみそ》、マヨ味噌、レモンのハニーマスタードソース……彼が一つ一つ説明してくれるが、どちらかというと生春巻きの感が強まった。

それでも、こんなにたくさんのソースと寿司ダネから自分で選ぶことができるというのは、とてもわくわくする。

手巻き寿司かどうかは脇に置いておく。

まずはどれから食べようか、やっぱりマグロかな。

水に浸したライスペーパーの上に、マグロ、サーモン、イカ、アボカドの和《あ》え物を載せた。少し無難にまとめた気がするが、まずはこれで巻いてみることにした。

中身が透ける生春巻きは、手巻き寿司とは違う美しさがあった。これは断面もきれいに見えるのでは？

一之瀬くんに包丁を借り、いそいそと切ってみたが、思っていたような見栄えにはなっていなかった。適当に巻いたところで、絵にはならない。房総《ぼうそう》の太巻き寿司のような図柄までは求めなくとも、断面まで楽しむのであれば、もう少し完成形を意識しながらネタを載せていかなければいけないだろう。

ひとまず、自分の手元にあるものを口に運ぶ。アボカドに和えているごま油とニンニクが、まずふわりと鼻腔《びこう》に広がった。

寿司、とは決して言えないが、握り寿司であれば一つずつ味わうものを、一緒くたにしてしまうという楽しさは味わうことができる。

なかなかいいじゃないか。ライスペーパー巻き寿司。……ただの海鮮生春巻きという気もするけど。

次はどうするかと、扇の皿を見つめながら作戦を立てる。

食べたい魚もあるし、一之瀬くんが作ってくれたソースやタレもそれぞれ味わってみたい。寿司ネタとソースの味わいを考慮しつつ、美しい断面を目指す。

ここにこの色を配置して、そこにこのタレで……いや、これは味が合わないかもしれない。うーん、でも手巻き寿司って、いろいろなネタが組み合わさってこその楽しさもあるし、さっきは無難にまとめたから、今度は挑戦してみても……。

長考していると、一之瀬くんが笑いをこぼしたことに気が付いた。

そんなに難しい顔をしていただろうか。

「ここまで真剣に楽しんでくれるとは思ってなくて、すごく嬉しいです」

「最近ね、好きになってきたの。何を食べようかって選ぶことが」

「……やっぱり、それも苦手でした？　何を食べるのか決めること」

今でこそ、一之瀬くんのごはんで頭に浮かぶ料理のレパートリーは増えている。でもそれを、頭の中で思い浮かべるだけで選ぶことはまだ難しい。目の前に並んだものから選ぶことがやっとだ。

いつも翌週のリクエストを聞かれてもお任せしていたから、彼は気が付いていると思っていた。

「でもね、最近はお昼のおにぎりは何味にしよう、とか。楽しくなってる」

一之瀬くんはこれ以上ないというぐらいに目を丸くした。彼が手に持っていた手巻き寿司はつぶれて、少し悲惨な見た目になったけれど、彼は私を見つめたまま口に持っていき、呆然《ぼうぜん》と咀嚼《そしゃく》している。

「ちゃんと、ゼリーやビスケット以外のものも食べてるってことですよね」

「そうだよ」

自信を持って、彼に答える。けれど、一之瀬くんがあまりにも幸せそうに笑うから、恥ずかしくなって目を逸《そ》らす。俯《うつむ》くと、箸置きに描かれた神様と目が合った。

「これ七福神だよね。魚は抱えてるんじゃなかったっけ？」

よくぞ聞いてくれました！　とばかりに、目が輝いている一之瀬くんを見て、余計な質問だったかもと、少し後悔をした。

「恵比寿《えびす》様は、七福神の中で唯一日本生まれの神様なんです。商売繁盛や航海の無事を祈って信仰されています」

「だから、海モチーフの一部ってこと？」

「いえ、恵比寿様の成り立ちは、海から漂着したクジラや大きな海洋生物を神として祀《まつ》っていったという話や、海の向こうから福を携えてきた存在っていうことなんです」

「……日本生まれなのに、海の向こうから来たの？」

「神様の生まれではなく、日本で生まれた信仰なんですよ」

わかるような、わからないような。なんだか頓智《とんち》を聞かされているようだ。

「海の向こうから来たのはわかるけど、なんでクジラなの？」

「食料になり、油になり、道具の材料となり、余すところなく使えるので、クジラが漂着することは、海辺の人たちにとって大きな恵みになったそうです」

一之瀬くんは、時々お皿に意味を込めてくる。今日の場合は、『福がやってきますように』というところかな。

だからといって、恵比寿様は遠回しすぎて私にはわからない。料理や盛り付けには隙がないが、こういう日常では抜けているところも多い気がする。

適当な返事をしながら、私は萌《も》え断になるように具材の配置を決めていく。

趣向を凝らして作ったことで、ようやくきれいな断面を作ることができた。もうお腹がいっぱいなので、これが最後の作品だ。五本も食べたのだから、私にとっては大層なことだ。お腹がはちきれそうになっている。

「いやあ、漁師さんさまさまだったねぇ」

「今回行ってきたのは島なんですけど、個人的には魚不足で」

「島といえば魚料理がたくさんなイメージだけど、不漁だったの？」

それなのに今日の手巻き寿司というのは、飽きないのだろうか。今更になって心配になるが、一之瀬くんは不満たっぷりという顔をしている。

「民宿に延泊してたおかげか、学生は肉が好きだろうと考えてくれたからか、肉料理が多くてですね……少し肩透かしというか。美味《おい》しかったのは文句ないんですが」

「あはは、それは残念だったね。それで、今日は意趣返しの手巻きにしたの？」

「それもあるんですけど……この間小鳥遊さんの話を聞いたときに、ふと思いついて」

私の話で、手巻き寿司？

繋《つな》がりが自分では見えず、首を傾げた。

「島は内地よりもムラ社会の意識が強いことがあるんですけど、それはまあ、テクノロジーが発達しても地域で協力しあわないとどうしようもないようなことも多いからなんですよね。だからどうしても外部の人間に対しては監視しているように感じてしまったり。それは自分たちを守るためでもあって」

手巻き寿司との関連性はいまいち見えないけれど、続けて彼が話してくれる民俗調査の手法や地域との溶け込み方、学生の起こした騒動などは聞いていて面白い。

何より、一之瀬くんが本当に目を輝かせて話すものだから、こっちまで楽しさが感染するのだ。

「本当に好きなんだねぇ」

ぽつりと合いの手のように言うと、彼はカーっと顔を真っ赤にした。

「え？　えぇっ!?」

「好きなんでしょ、民俗学。大学院に進んでまで勉強してるんだもん、そりゃそうだよね」

「へ、あ、民俗学……そうです、すきですね、たのしいです」

指摘されただけで、そんなに狼狽《うろた》えること？　もしかして、何か悩んだりしてたのかな？

大丈夫か聞こうとするけれど、彼はお茶を飲むと慌てて話を戻した。

「そうでした、巻き寿司の話でした。小鳥遊さんの話を聞いて、島と似てるなと思ったんです」

「島と巻き寿司が似てるの？　形とか？」

「形ではなくて、会社も島も、俯瞰《ふかん》してみたら『巻き寿司』みたいに一つのものとして認識されるじゃないですか。だけど、中身を見たらひとりひとり個性の違う具材が組み合わさって構成されているんです。その味がさっぱりしていたり、濃厚だったり、甘辛かったり、それぞれ違う魅力の一品が出来上がるイメージです」

「寄り集まって一つのものになるっていうところは、まあ、似てるのかな。どれだけ大きい巻き寿司になるんだろう」

「七福神だって、一柱では願いを叶《かな》えるのに足りないと思われて、七人も集められたんですよ。人間は欲張りなものなんです」

無茶苦茶な言い分に、笑いをこらえることができなかった。

「一口ではとてもかぶりつけないね」

「美味しいかどうかは好みや価値観次第なので、自分に合った味を求めることは当然の欲求でしょう。島の暮らしが美味しいかどうかは、その人の味覚次第です。それだけ大きかったら、食べる箇所によっても味が変わるでしょう」

胸を張って威張る姿は、まるで小学生だ。彼らしくない態度は、わざとやっているからだろう。

まったく、本当にお人好《ひとよ》しなんだから。苦笑しながらも、優しさが染みる。

一度入社してしまえば、自分は会社の一員でしかない。外に出れば自分が社のイメージを背負うことになる。表面を形作っているという自負はあっても、中身としてはなかなか考える機会がない。

私は、どんな具材として、収まっているのだろう。

一之瀬くんの用意してくれた寿司ダネやソースを思い浮かべる。きちんとチームを組めば、無限に新しい魅力を打ち出してくれた。……でも、どんなに考えても自分がその中にいるという想像ができない。

エース級のネタだなんてとんでもない。でも脇をがっちり固めるものにもなれている気がしない。数日経った風船のように、心がしょぼくれていく。

「同僚と食事すらできない私は、具材にはなれてないかもしれないな……なんて」

せっかく美味しいごはんを食べた後なのに、空気を重くしてしまうのは嫌だ。無理に笑い話に変え、口角を上げてみせる。

温かいお茶に口を付けていると、一之瀬くんはとぼけた口調で尋ねた。

「食事に付き合わないのは、誰かと食べるのが嫌だからですか？」

「嫌、じゃなくて、怖いかな、今は」

少し前までは、確かにそうだった。けれど、今は自分で作った透明な壁を突き破る勇気が出せないだけだ。

「下手に怖がる前に、みんなに説明していないなってことには気付いたの。けれど、残してしまうことの不安とか、あまりにも食べ残しが多いと一緒に行った人が不快な気分になるんじゃないかと思うと……踏み切れなくて」

「僕以外とは、まだ外でごはんに行っていないんですか？」

うん、と肯《うなず》くと、彼は唇を固く引き締めた。呆《あき》れられているのだろうか。

「一度行ってみればいいんですよ」

言うは易く、行うは難しだ。

「でも、いきなり大勢といくなんて難しすぎるよ～」

「なんだ、誘われたんですか」

「飲み会だよ、課の。でも、何年も行ってないのに、急に参加するなんて勝手すぎるし、私が行ってテンション下げちゃったらと思うと」

一之瀬くんは自分のことのように嬉《うれ》しそうな笑みを浮かべた。

「小鳥遊さんと一緒にごはんを食べたくないなら、誘わないし、誘われても遠回しに断ると思いますよ。少なくとも、僕は小鳥遊さんと一緒にごはんを食べることを嫌だと思った瞬間は一度もないです」

だから、なんでこういうことを素面《しらふ》で言うかなぁ。

重い溜息《ためいき》を吐いて、熱くなった顔を見られないように顔を逸《そ》らす。自然を装って、傍らに置いてあったバッグに手を伸ばし、封筒を取り出す。

「渡せていなかった分と、今日の分、一緒に入れてあります」

一之瀬くんは一瞬戸惑ったけれど、すぐに封筒を受け取った。しかし、中から五千円だけ取り出すと、私に封筒を差し出す。

「先週も先々週も一緒にごはんは食べられなかったじゃないですか」

契約では確かにそうなっている。けれど、彼は何もしなかったわけじゃない。

私は再び封筒を彼の方へ向ける。

「おかずを作って差し入れしてくれたじゃない。むしろ二回分の食事よりも量は多かったでしょう」

「あれは……調査までに食べきれない分をまとめて調理したから、自分でも多すぎて……だからお裾《すそわ》分けに……」

ごにょごにょと言い訳をしているけれど、目を逸らしている時点で嘘だと丸わかりだ。

「いつも以上のおかずに、今日のお刺身……奮発したんじゃない？」

「元々いただいていた食費は小鳥遊さんの分には多すぎましたし、これまでに余っていた分を使ったので、足は出ていません。それにこんなに残っていますから」

二人でもりもりと食べたはずなのに、ちゃぶ台の上にはまだ三割ほどのお刺身が残っている。以前、一之瀬くんは「一度で食べきれるとは思っていない」とは言っていたけれど、さすがに新鮮さが重要な食品だ。お腹は今にもはちきれそうなのに、やはり一人前には及ばないのだ。

せっかく用意してくれたのに、と罪悪感でいっぱいになる。

「……ごめんね、あまり食べられなくて」

「え？　今日はいつも以上に食べていませんでした？」

「それはそうなんだけど……こんなに残り物を押し付けることになっちゃって」

「前にも言った気がしますけど、最初から全部食べきる気ではなかったし、想像よりも残りが少ないぐらいですよ」

「それはそれで、ごめん？」

「小鳥遊さんが食べてくれるなら、嬉しい誤算ですよ」

「またそういうこと言う……」

「へ？」

自分で何を言っているのかわかっているのか、いないのか。なんだか掌《てのひら》の上で転がされている気分になって、非常によろしくない。

「っていうか、残すつもりで買ってきたの？」

「残すというか、使いまわそうと……本当にごめんなさい！　自分で食べようと余剰分まで結構買いました！」

「いや、それは別にいいんだけど……お刺身も使いまわすの？」

「料理って、そういうものじゃないですか？」

「そういうものって言われても……」

残すのは、外食でも自炊でも嫌なのだ。

食材を一度に使い切るというのは、さすがに無理だということはわかっている。けれど、お刺身まで何かに使いまわすという発想は自分の中になかった。完全に想像の範囲外だ。

「お刺身に、そのまま食べる以外の使い方なんてあるの？」

一之瀬くんは、なるほどと大きく頷《うなず》き、優しく微笑んだ。なんだか天真爛漫《てんしんらんまん》な子どもの質問に答えようというような顔が、若干悔しい。

「漬け丼はもちろん、マリネやユッケにもできますし、骨のない薄切りの魚として、焼いたり炒《いた》めたり、割と何にでもなりますよ。今回は南蛮漬けにしようかと思っていました」

南蛮漬けは、アジやサバなどの光物を使うイメージが強い。他の魚や肉で作っているのを見かけたこともあるけれど、様々なネタをミックスしてしまうことは、飲食店でもあまりないだろう。

（食べてみたい……）

心の中でよだれを垂らしたことがわかったのか、一之瀬くんはにこりと笑った。

「食べ頃に差し入れましょうか？」

「うっ……」

食べたいことは間違いない。けれど、差し入れかぁ……。

迷いに迷って、今が説明をするチャンスなのではと思いつく。

「嬉しいんだけど、実は、あの、えーっとね……」

つくりおきが苦手だと、言ってしまえばいい。

けれど、そんなことを言ったら、よかれと思ってやってくれた一之瀬くんを傷つけてしまうのでは。我儘《わがまま》で面倒な奴、と改めて厭《いと》われたら。

そう思うと、なかなか口がうまい具合に動かない。

「よかったら、一緒に食べますか？　週の中頃になりそうですけど」

「い、いいの⁉」

被《かぶ》せるように喜びの声を上げると、彼は苦笑を浮かべる。

「もしかして、冷蔵庫に料理が残っているのは苦手ですか？」

図星をさされて思わず唸《うな》り、目を逸らして、最後には観念した。

「……絶対食べないといけないって、プレッシャーを感じてしまうんだよね」

「食べきれなくて、食材や食料を無駄にしてしまうこともありますけど……そういう時もありますよね。調査で地元の人にもらった食材は絶対に残せないとか」

彼は遠い目をして、胃の辺りを摩《さす》っている。思い出すだけで胃が重たくなるような出来事があったようだ。

「知らなかったとはいえ、押し付けてしまったのはごめんなさい。でも、小鳥遊さんは責任感が強いって言われたことがありませんか？」

「そうかなあ。押しが弱いと言われたりはするけど、責任感は仕事で大事だし」

「それはそうですけど、全部が全部抱えようとしたら、つぶれてしまいますよ。外食だって、全部ひとりで食べなきゃいけないってことはないんです。シェアをしたり、一緒に行く人に自分の分を食べてもらうってことだってできるでしょう？　小鳥遊さんと初めてごはんを食べに行った日と同じことですよ」

突然醜態を呼び起こされて、顔に火が付きそうになる。

「あれは特別だよ！　もうとにかく頭も身体も疲れ切ってたからできたことで」

「別に取り立てておかしいことはありませんでしたよ。……最初と最後以外は」

「その節は、本当に申し訳ないことをいたしました！」

土下座せんばかりに頭を下げた。

いきなり知らない店に連れていかれ、置いていかれたのだ。いくらお金を渡していったとはいえ、不安はあっただろう。

それがこのようなご近所づきあいに発展させてしまうなんて、一之瀬くんの懐は広すぎないか？　四次元につながっていたりしないよね？

「小鳥遊さんは、給食も辛《つら》かったんじゃないですか？」

「毎日五時間目が始まるまで、お皿と睨《にら》みあってたよ。今は全部食べきれなくても怒られないいんでしょう？　いいなあ」

「だんだん変わってるみたいですね。わがままで食べないならともかく、アレルギーがあったり、小鳥遊さんのように量を食べることが難しい子にとっては、完食指導って酷な話ですよね」

「食べること自体は嫌いにならなかったのが幸いかな」

「子どもの頃に食べることを強制されていたら、そこにあるものを食べきらないといけないって強迫観念が働くのもおかしくはないです。完食するのはいいことだとは思いますけど、そのせいで食事が楽しめないっていうのは話が別です」

一之瀬くんの意見は腑《ふ》に落ちる。けれど、今までずっと自責の念に駆られて生きてきたものを、いきなり「私は悪くない！」と思いきることもできない。

けれど、

「楽しむことって、大事なんだなと思い始めたところだよ」

ストレスを発散する時だけが、唯一楽しめる食事だった。

　そんな烏滸《おこ》がましい考え方に囚《とら》われるより、今日のおにぎりはどれにしようと悩む方が、よほど楽しい毎日になることに気付いた。いま食べたいものがなくても、目の前の選択肢の中から食べたいものを決められるようになってきたし、より「ごはん」に近い形で食べられることも増えてきた。

　それは、目の前にある小さなお皿たちを愛《め》でることから見《み》出《いだ》した幸せだ。掌に収まる皿の上に、こんもりと盛られたおかずたち。多く見えても二、三口で食べきれてしまう量だ。私でも、お盆いっぱいに並べられた料理を完食することができる。

　あんな風に私でも食事を楽しむことができるなんて、これまで考えたことがなかった。コンプレックスに浸りすぎて、普通に食べられるということを諦《あきら》めていた。こんなにも喜びを感じることだとは、思わなかったのだ。

「もっと早く豆皿と出会ってたら、もう少し違ったのかなあ」

「そうかもしれませんし、そうでないかもしれません。でも、よき時機に出会えたことを喜びましょう。というわけで、このお土産もタイミングがよかったかもしれません」

　一之瀬くんは、掌の上に載せた白い薄葉紙の包みを差し出した。

　中は見なくてもわかる。けれど、出てきたのはイメージと少し違うものだった。

「一之瀬くんのことだから、縁起のいい模様とか、そういう系だと思った」

縁起尽くしでおめでたいことになっていた初回の食事会を思い出したのだろうか。

彼ははにかむように苦笑した。

「華やかなものがあると気分が高揚するので、それもいいですけど……今の小鳥遊さんには、これを渡したいなあと思ったんです」

一之瀬くんの持っている豆皿には、凝った絵付けや装飾の付いたものも多い。けれど、いま私の手の上に載っているのは、厚みのある無地の長方形の陶器だ。優しい乳白色で、何を載せても美味《おい》しそうに魅せてくれそうだ。

まずは、この小さな器から。少しずつ。

そう言われた気がした。

「つくりおきが苦手っていうことを知ったのは今さっきなので、余計なプレッシャーになってしまったらごめんなさい」

「そんなことない！」

思わず「返すまい」というように、抱きしめてしまった。そんな私を見て、一之瀬くんは驚いたように目を丸くし、ふっと柔らかく微笑む。

恥ずかしさに打ちのめされながら、掌に力を籠《こ》める。

「……ありがとう。大切に使うよ」

素直に感謝したいのに、彼の目を見ることができない。だって、今も満面の笑みで私を見つめていることがわかるから。

「つくりおきを今すぐ全面的に受け入れられるとは思わないけど、このお皿に載せることを考えたら、少し前向きになれる気がする。自分なりに楽しめるように工夫していくね」

「食べきれずに捨てるのは、確かに心苦しいです。でも辛くて苦しいものにしてしまうほど思い詰めるのは、もったいないことだと思います。残すことで相手に気遣わせることもあるかもしれませんが、誰かと一緒に食べることで分け合うことができます。まずは楽しんで食べる時間を増やしていくことで、恐怖心も薄めていけるかもしれませんよ」

「でもさ、こんなに食べないって、相手も想像できなくない？　いきなり『絶対残すんだけど、一緒に食べにいかない？』って誘うのも、行きづらいでしょう」

「最初に少食だってことを伝えておくのは大事だと思いますけど……うーん、最初に食べきれそうな分を取り皿に分けて食べるとか、潔く残してしまうか、お店の人に頼めば少なく盛ってもらうこともできると思いますよ。その時々で、心地よく過ごせそうな方法を取ればいいと思います」

「なるほど」

なるべく残すという選択肢は取りたくない。

大盛り無料という言葉を店頭で見かけることはあっても、減量禁止というのを見たことはない。残すのが嫌なら、最初から全体を減らせないか相談するのもありなのかもしれない。

「少食についても、極端なことを伝えておいていいと思います。案外、『そんなものか』って受け取ってもらえるかもしれません」

「見ていて嫌な気分にならない？」

「最初から残すつもりでたくさん頼むとかは嫌ですけど……」

そこで私はハッと息を吞《の》んだ。

まさに身に覚えのある行動だ。一之瀬くんに残りを全部食べさせるつもりで、『うた川』でしこたま注文をした。

顔を青くした私に、一之瀬くんは慌てて首を振った。

「あれは、残さないように僕を連れて行ったんじゃないですか。そういうのじゃなくて、写真を撮ることだけが目的で、一口もつけずに帰るとか、ああいうのです」

「無駄にするつもりがないかどうか、ってこと？」

彼は勢いよく頷《うなず》く。

「何度も一緒に食べている僕だって、つくりおきが重荷になるっていう小鳥遊さんの価値観に気付かなかったんです。食べる前なんて、尚更《なおさら》わかりませんよ」

言わずに察してほしいというのは、傲慢《ごうまん》な考え方だ。けれど、

「本当に残したくはないんだって、伝わるかな……」

どこまで私は周りを信用していないのだろう。つくづく自分の人間性を疑ってしまう。敵だらけな人生というわけではなかったのに。

「そこは心配ご無用ですよ」

自分への嫌悪感に苛《さいな》まれている私に、一之瀬くんは何度も大きく頷いてみせた。私が疑いの目を向けると、彼は今日一番の笑顔を浮かべる。

「小鳥遊さんは食べているときに、すごくいい顔をしていますから。一緒に行った人が疑うことなんて、百パーセントありません」

ひゅん、っと肝が冷えた。

「わ、私、そんな顔で食べてるの……？」

「えぇ、僕まで幸せになるほど、美味しそうな顔でもぐもぐしてます！」

「だ、だ、だから、それってどんな顔⁉」

私が慌てているのを見て、彼は「しまった！」という表情になる。そして、「いや、本当にいい顔で」とか「いつまでも餌付《えづ》けしたくなるような」とか、理解しがたい言い訳をまくしたてる。

穴を掘って、埋まりたい。でもそんなことはできないので、ただ両手で顔を覆った。

食事中の私は、いったいどんな顔をしているというのだ。鏡を見ながら食べるなんてしたことはないので、自分ではわからない。一之瀬くんが嫌な気分ではないというのだから、そんなに悪い表情ではない、多分。

自分を納得させるように呟《つぶや》き、心を落ち着かせる。でも改めて指摘をされると、どんな顔で会話をしたらいいのか困ってしまう。

ふーっとお腹の底から息を吐ききって、顔から手を離した。

「あの、鶏と野菜のマリネは、食欲がなくてもさっぱりとして食べやすかった、です」

食べなければいけないというプレッシャーは大きなもので、最初は嫌で嫌で、うんざりした。けれど、次第にデメリットばかりではないことにも気が付いた。

家の冷蔵庫に何か食べるものがあるというのは、コンビニに寄る手間を省くことができたり、選ぶというリソースを使わずに済む。何より、身体も心も疲れ切っているときに、ほっとすることができた。

私は私のままで食べることを楽しんでいけばいいと言われたから、変わることができると思った。だから、嫌なことばかりではなく、もう少しだけ、冷蔵庫に何かが入っている日があってもいいかもしれないと思い始めていた。

「またどうしても都合が合わないときには、作ってもらってもいいかな？」

私が豆皿をそっと見せると、一之瀬くんはほっとしたように表情を緩め、もちろんと肯《うなず》いた。

そして、傍らに手を伸ばし、スマホを取り出した。

「連絡先を交換しませんか？」

「そういえば、してなかったね」

隣に住んでいるから、取り立てて連絡をする必要を感じなかった。というより、それ以上の関わりを避けていた。けれど、契約でリハビリとしてごはんを食べている以上に、彼の料理に癒《いや》され、励まされている。この先も関わりを拒否することは、不毛だ。

私もバッグからスマホを取り出し、電話番号とメッセージアプリの交換をする。これで、何か変わるのかなと思っていると、一之瀬くんが呟いた。

「でも、できるだけ顔を合わせて食べたいですね」

つくりおきへの抵抗感は徐々に薄れつつあるといっても、出来立ての方が美味《おい》しいことは間違いない。そもそもリハビリを名目として始めた契約なのだから、一緒に食べないと意味はない。

「私もその方が嬉《うれ》しいかな」

はにかみながら返すと、彼はグッと唇を嚙《か》みしめた。そして、ゴンゴンと両手の拳《こぶし》で膝《ひざ》を打って何かに耐えている。

「……大丈夫？　お腹でも痛い？」

「だいじょうぶ、だいじょうぶですから、ちょっとまってください」

そして、重々しくはーっと長い息を吐き出す。かと思えば、すーっと息を吸い込み、何度か深呼吸を繰り返し、私を真っすぐと見つめた。

きょとんとして見つめ返すと、

「今度、豆皿を一緒に作りに行ってみませんか？」

と誘ってくれた。急な提案に、瞬《まばた》きを繰り返す。

陶芸体験というと、カップだの小皿を作るようなイメージだ。彼が説明するには、豆皿を作れるところもあるらしい。

美しい豆皿たちの中に、自分の作った器が並んだら、もっと食卓に愛着がわくかもしれない。

「それって、自分の好きなデザインで作れるの？　みんな同じもの？」

「土と時間の許す限り好きなものを作れるみたいですけど、どうせなら、同じデザインで作って、一緒のごはんの時に使えるようにしましょうか」

「それもいいね」

（あ……今、何か浮かんだ）

頭の奥の方で、何かがチカリと光った。その残滓《ざんし》に必死に手を伸ばす。

行き詰まっていたコンペのアイデアの緒が、もう少しで摑《つか》めそうだ。

「同じデザインで、違う大きさのお皿にしたら、一之瀬くんも使いやすいかな」

「え、それって——」

思わず口の端を緩めたのは、糸口が見えたからか。それとも、彼との約束のせいか。

私にはどちらなのか、決めかねて……考えるのをやめた。

第三話　花ひらくちゃぶ台

「どうですか？　楽しんでますか？」

後ろから掛けられた声に、ぼんやりと彷徨《さまよ》っていた意識を目の前に戻す。手には柔らかな粘土を握りつぶす感触が伝わってきた。

「え、わあっ！」

天に向かって開くはずのつぼみが、ぐにゃりと歪《ゆが》んでいる。手びねりで均等な花びらの器にする予定だったのに、花弁の大きさもバラバラだ。

こんなものを焼き上げてもらうわけにはいかない。

「やり直す、やり直します！」

傍らの先生を見上げると、お茶目な瞳《ひとみ》をした彼女は頷《うなず》いた。

「まだ時間はありますから、じっくりと向き合ってみてください」

励ましを受けて、粘土をまとめ直す。ヒビが入らないように練り、平たくして、もう一度丸い板状に伸ばしていく。

先日の約束の後、一之瀬くんはすぐに陶芸体験の候補を挙げてくれた。本音を言うと、一日も無駄にしたくないほど企画書作りに切羽詰まっている。けれど、息抜きのつもりで、今日一日は彼と羽を伸ばすことに頷いた。

いつもは日付が変わる前か、帰り道が偶然一緒になる夜に会うだけだった。昼間に食事以外を目的に一之瀬くんと会う日が来ようとは、思ってもみなかった。

ボロボロの姿ばかりを見られているから、今更取り繕う必要もない。陶芸体験なのだし、そもそもそんなにおしゃれをする必要があるだろうか……とは思いつつ、服装やメイクも悩みに悩んでしまった。

ふーっと息を吐ききり、目の前の泥の塊に意識を向ける。

どんな形のお皿を作るか考えたとき、「花の形」と言い出したのは私だった。食事に対して前向きになれたのは、豆皿と一之瀬くんの料理があったからだ。そしてその根底にあるのは、器道楽で料理の基礎を彼に教えてくれた彼のお祖母《ばあ》さま。

「お祖母さまのシロツメクサの豆皿に敬意を払って、モチーフを借りたいな」

食器棚の方を向いていた彼は、そのまま動きを止めた。

「一之瀬くん？」

振り返ったときには、彼は真面目な顔をしていた。

「好きな花はありますか？」

「うーん、モクレンとかラナンキュラスが好きだけど、器にするには難しいな」

「今あるのは、桜とか梅とか和のものが多いので、洋風のものを増やしたいですね」

花図鑑のサイトを見ながら、素人でも形にしやすそうな花を探す。ポピーの形の小鉢とネモフィラのような平皿を、それぞれ使い勝手のいいサイズで作ろうと言うと、一之瀬くんは少し悩んで、なるべく揃いのデザインになるように作ろうと提案した。同じ花の違うサイズを各人が作る。私の担当は小鉢だ。

花びらが同じ大きさになるように、縁を起こしていく。今度こそ雑事を頭から追い出し、手元に細心の注意を払う。

黙々と手を動かし続け、終了の時間前になんとか二客の器が出来上がった。安堵《あんど》と満足感の息を吐くと、隣からぐるるるる……と地響きのような音が聞こえた。

一之瀬くんに目を向けると、彼はお腹を押さえて照れたように笑う。時計は十三時を示していた。

窯出しまではひと月ほどかかるという。受け取りの都合をつけやすい一之瀬くんの下へ届けてもらうように手配をして、二人でランチへと繰り出すことにした。

「何か食べたいものはありますか？」

「そうだね……」

観光地ということもあり、飲食店はそこかしこにありそうだ。体験工房へ来るまでに何かあったかなと思い浮かべて、まったく抵抗を感じていない自分に苦笑した。

一之瀬くんが一緒なので、外食も気負いなく考えることができている。

十三時を過ぎたとはいえ、店によってはまだまだ人が並んでいる。有名だというう なぎの店もいくつかあったが、どこもまだ列ができていた。

（うなぎも食べてみたかったけど、食べきれないだろうし、並んでまではなあ……）

「一之瀬くんは？　私はすぐに入れそうな店なら、どこでも」

「そうですねぇ……」

さっきの私のような返事をしながら、彼もきょろきょろと通りを見回している。つと目を何かに留めたのがわかった。

「何か気になるものあった？」

「小鳥遊さんは、どこかでゆっくりと座って食べたいですか？」

質問の意図が分からないまま、自分の体調を鑑《かんが》みる。陶芸ではずっと座っていた。体力は使ったけれど、足は疲れていない。

「食べきれるものであればどこでも」

私が首を横に振ると、一之瀬くんはいたずらっ子のように目を輝かせた。

「じゃあ、あれにしませんか？」

彼が示したのは、きゃあきゃあと楽しそうに歩く大学生ぐらいの女の子たち。

私が疑惑の目を向けると、慌てて彼は付け足した。

「食べ歩き！　川越《かわごえ》は食べ歩きのお店も多いそうなので、少しずつ分けて食べてみませんか？」

（た、食べ歩き……‼）

時間を効率的に使うためだろうか、観光地では片手で持ち歩ける食べ物を売っていることが多い。美味《おい》しそうなのはもちろん、写真映えのするものが人気な今、見た目が華やかなものも多いので、正直なところ憧《あこが》れていた。でも私は一つ食べきったら、それだけでお腹がいっぱいになってしまうと諦めていた。

だけど、彼が少しずつ分けてくれるならば、私でも食べ歩きを楽しむことができる。

「い、い、いいの⁉」

言い淀《よど》むほどの勢いで尋ねると、一之瀬くんはくすりと笑った。

「いいも何も、僕が誘ったんですよ。さて、どれから行きましょうか」

自分に縁のないものだと目に入っていなかったけれど、改めて街を見回すと、あっちでもこっちでも、美味しそうなものを片手に歩いている人が見つかる。

その中に衝撃的なものを見つけて、思わず息を呑《の》んだ。

「あ、あれは……！」

大きめの紙コップのような器に、うなぎが盛られているのが見えた。小さなうな丼だ。とはいえ、一つでもお腹がいっぱいになってしまいそうな量ではある。

「さっきからうなぎを食べたい気分だったんだけど……半分こしない？」

こだわりなく頷く一之瀬くんに、幸せが全身に広がる。彼もなんだか嬉《うれ》しそうだ。

「スプーンを二つもらいましょうね」

券売機の前にくると、う巻きや串《くし》のかば焼きも売っていた。串焼きのほうが、量は少ないだろう。けれど、せっかく勇気を出して提案したのだ。

（ここは、うな丼一択で！）

わくわくとお財布を取り出そうとすると、一之瀬くんがさっと見覚えのない財布で支払いを済ませてしまった。私が首を傾げると、説き伏せるように言った。

「ここにアレの食費が入ってるんです。二人で食べ歩くんですから、今日の費用はここから出すことにしませんか？」

契約ごはん会の食費ということは、すぐにわかった。

「一之瀬くんがいいなら、それでいいよ」

私が頷くと、

「いろんなものを食べましょうね」

とろけるような優しい微笑みを向けられて、私は思わず目を伏せた。

なんだか子ども扱いされている気がするのは気のせいだろうか。まあ、食事に関して、私は半人前で、彼は保護者のようなものと言えるかもしれない。

食券と引き換えに整理券をもらって、店の前で待つ。同じような人がちらほらといるけれど、テイクアウト専門の列のため、回転は早そうだ。

注文したうな丼を受け取ると、手の中から醬油《しょうゆ》と砂糖の香ばしい匂いが漂ってくる。おいしい匂いが苦行だと思うことなど、そうそうないだろう。早く食べたい。

人通りを邪魔しない場所へと移動し、一之瀬くんが「どうぞ」とスプーンを差し出してくれた。先に食べていいのかと問うと、彼は大きく頷《うなず》いた。

スプーンを差し入れると、パリッと表面を突き破る小さな感触がした。けれどすぐにふわりとした身に辿《たど》りつく。一口の大きさで、うなぎとごはんをすくうと、

「いただきます！」

口に入れた。

ほんのりとした甘みと、それを飛び越えてくる香ばしさ。柔らかな白身は、歯もいらないほどすんなりと口の中で溶けていく。

あっという間に、一口が消えていった。それでも、口の中に残る幸福感は、心までふわりと浮き立たせてくれる。

「おいしい……」

思わずこぼれ落ちた感想にハッとする。これは早く食べさせなくちゃと、カップを

一之瀬くんに差し出すと、彼は首を傾げた。

「……お腹でも痛いですか？」

「え？　そんなことないけど」

「でも、一口しか」

「美味しいから、早く食べてほしいんだよ！」

私の勢いに押されたのか、彼は一瞬呆《ほう》けたように間の抜けた顔で、パチパチと瞬《まばた》きをした。何か変なことを言っただろうか。

「……温かい方が、美味しい、よね？」

不安で、差し出す手が少しずつ下がっていく。すると、そっと下から支えられ、一之瀬くんはそのまま自分のスプーンを差し入れる。

手を握っているような状態が落ち着かない。けれど、味わっている彼の口の端が緩んだのを見て、動けずに見守る。

「小鳥遊さんもまだ食べるでしょう？」

思い切り頷いたけれど、一応お腹に相談してみる。

「えーっと、じゃあ、あと一口だけ。これからに胃袋を取っておくことにする」

先ほど口に入れなかった青菜と柴漬《しばづ》けも一緒にすくい、カップを今度こそ受け渡す。

ようやく一之瀬くんの手が遠のき、ほっとするのと同時に、冷たい風を感じた。

せっかくの二口目は、なんだかあまり味を感じることができなかった。

仕事の憂さを晴らすように（ほとんど一口ずつ）食べに食べ、お腹がはちきれそうだ。無理やり食べきると、後々「私はなぜ美味しく食べられなかったのだ……」と一人大反省会を開くことになるけれど、今日は満足感が胸を占めている。

横を見ると、一之瀬くんも顔を綻《ほころ》ばせていた。

本当にいろいろなものを食べた。お団子に、おかきに、ソーセージ。目についたものを次々と攻略し、最後ははちみつソフトで〆《しめ》たので、彼だって満腹のはずだ。

きっと、行き詰まっているだろう私のために、外出を提案してくれたのだろう。お人好《ひとよ》しな彼らしいけれど、お隣さんのメンタルケアまでするなんて、面倒見がよすぎる。契約関係でここまでしてたら、一之瀬くんのほうが擦り切れたりしないだろうか。

それに冷静に考えたら、大学生って休日は友達と遊ぶんじゃないだろうか。

「一之瀬くんって、大学に友達いないの？」

つい口が滑ってしまった。不躾《ぶしつけ》すぎる聞き方に、慌てて言い直す。

「いないわけないと思うけど、よく、大学生って一人暮らしの家に集まって餃子《ぎょうざ》パーティーをするイメージがあるけど、一之瀬くんの家で騒がしい声聞いたことないし」

「餃子パーティーは面白そうですねぇ。今度やりましょうか、いろんな餡《あん》を作って」

「え、楽しみ！……じゃなくて、餃子を例に出した私が悪かった。家に友達を呼んで食事したりしないのかなあって。料理上手だし、人を招くのも好きそうじゃない」

「院生になってからはないですね。それぞれバイトと論文といろんな活動とで忙しいですし。呼ぶのが嫌なわけじゃないですけど、まあ、大学で飯食うときは一緒だったりしますしね」

「そうなんだ。お昼は学食で食べたりもするの？」

彼はとんでもないという表情で、ぶんぶんと首を振る。

「ほとんどお弁当ですね。だって、学食の素うどん、三百円もするんですよ!?　丼とかだって、ほとんどごはんと肉！　みたいな感じで五百円以上するし。たまに食べるぐらいならいいですけど、毎日食べるなんて、栄養バランスもコスパも悪いです！」

コスパが悪いと言ってしまえるのは、彼の下へ潤沢な野菜が届くことと、それをきちんと調理しきることができる腕前があるからだ。あれだけのごはんを作ることができて、盛り付けもきれいなのだから、お弁当を詰めることも訳ないのだろう。

「お弁当作って、とか頼まれない？」

「写真撮られたり、同期のやつに肉が足りないって貶《けな》されたり、ユズ……後輩に勝手におかずを奪われるぐらいですね。本当にあいつは、弁当箱を空っぽにして五百円玉を代わりに入れておくとか、思い出すだけでイライラする」

（ん……？）

話を聞いているうちに、なんだか胃の辺りがもやもやしてきた。食べ過ぎとは感じていたけれど、許容量まで超えてしまったのだろうか。温めるようにそっと押さえるが、気持ち悪いわけでも、お腹が痛いわけでもないようだ。

「自炊が知られているので、大学でも食材や調味料のお土産とかお裾分《すそわ》けをもらえるのは助かるんですけど……お腹痛いですか？」

心配そうな顔をした一之瀬くんが、私を覗《のぞ》きこむように腰を曲げる。その様子を見ていたら、ムカムカはすぐに消えた。やっぱり食べ過ぎたのかもしれない。

「ううん、なんでもない」

そのまま特に体調が悪くなることもなく、川越の街を後にした。仕事のことを一遍も考えないほどの息抜きができたことで、爽快《そうかい》な息が漏れる。

お互いの家のドアを開けたところで、一之瀬くんがあっと声を上げた。

「今日の器ができたら、それで食べたいメニューも考えておいてくださいね」

そっか。自分で作ったお皿で、ごはんを食べるんだ……。

今更ながら実感が湧いて、頬が緩むのを感じた。

「考えておくね」

「じゃあ、おやすみなさい」

「おやすみ」

認めざるを得ない。

紛《まご》う方なく、彼との時間は私の癒《いや》しとなっている。

朝起きて、仕事をして、帰って、寝る。言葉にするとたったそれだけの毎日は、ただ息をするだけで押しつぶされそうなときもある。

疲れて、泣き言をいう余裕もなくて、擦り切れていることにすら気付けないでいると、自分を大切にすることを忘れる。ひたすら前に進むしかないのだと思い込み、自分が泥に足を取られていることが見えなくなってしまう。

そんな私に、一之瀬くんはせっせとごはんを食べさせた。

彼がしたのは、ただそれだけだ。

けれど、美味《おい》しいごはんは、歩く元気を取り戻してくれた。

陽が差していること、花がきれいに咲いていることを思い出させてくれた。周りの人たちは、助けを求めれば一緒に考えてくれることを信じられるようになった。

彼の生活が変わって、この日々に終わりが来てしまったとき、私は今の毎日を保つことができるだろうか。甚だ不安でしかない。でも大人なんだから、その時がきたら彼を心配させないようにしないといけない。

少しずつ、その準備をしていこう。自分で自分を大切にしていけるように。

種﨑先輩が難しい顔をして、私の企画書に目を通している。コンペの企画の素案だ。私は逃げ出したくなる気持ちを堪《こら》えて、組んだ指をむずむずと動かしていた。

「面白いんじゃないかな」

言葉とは裏腹な種﨑先輩の険しい声音と表情に、ぎゅっと口を引き結ぶ。

「今までのナッシーには無い視点で新しい企画にはなりそうだけど……具体的なものが伝わってこないかなぁ」

「テーマが広すぎますか？」

「テーマっていうか、ターゲットかな。そうだね、ポイントを絞った方がいい」

社内コンペのために考えた企画は、ひたすら試食をするというイベントだった。試食といえば、スーパーなどで各社単体で行われることが多い。もしくは物産展などの呼び込みが思い浮かぶ。

それをフェスのように、試食ばかりを一堂に会したらどうかと思ったのだ。それならば、私のように食事に消極的な人でも、気軽に新しい味と出会う機会になる。食の楽しさを知ってもらうために、フードコーディネーターとの会社を超えたコラボや、テーブルセッティングの講座などのイベントも盛り込んでいた。

「フェスがメインなのか、講演会がメインなのか。今の企画書だと正直よくわかんない。どっちつかずだと中途半端になるよ」

先輩からの的確な指摘にぐうの音も出なかった。イメージしたターゲットは、時間の余裕がほしいファミリー層だが、あわよくば自炊が苦手な人たちも楽しめるイベントにしたいと考えてしまった。確かに欲張りすぎたかもしれない。

どのように企画をまとめていくかを悩んでいると、先輩は「ところで……」と切り出した。

「新人教育と企画書づくり、負担になってない？」

優しい問いかけに、思わず苦笑を返す。

新人研修は続いており、今我が課に来ている新人くんは、台風の目となりつつある。やる気はとても伝わってくる。けれど、それが空回りしていることに、彼自身で気付けていない。最初は二つ下の後輩が指導を担当していたけれど、新人くんのフォローに右往左往させられ、パンクしてしまった結果、私に回ってきたというわけだ。

「ありがとうございます。ちょっと、まぁ……忙しくはなりましたね」

言葉を濁しながらも企画書を受け取ろうと手を伸ばすと、先輩はひょいと書類を動かした。私が目で追うと、彼女は笑った。

「食事系のイベントを考えるならさ、久しぶりに課の食事会に参加してみたら？」

「え、あぁ……」

動揺しつつも、なぜだか種﨑先輩の提案がストンと胸に落ちた。ここで素直に「はい」と言えれば、うじうじと続けている悩みを解消できる。すんなりと話せる流れを作ってくれたのだ。リハビリの成果を発揮する時がきた。

一言「ぜひ」と言えばいい。

……だけど、言えない。沈黙が少し続いたところで、

「あーぁ、ちょっと何か飲みたくなっちゃったな！」

先輩は大きく伸びをして立ち上がり、フラッとミーティングコーナーを出ていく。出ていく直前私に向けられた視線に気づき、何気ない風を装って先輩を追いかけた。

こうしてきっかけを作ってもらわなければいけないことを恥ずかしいと思いつつ、先輩の気遣いにほんの少しだけ勇気が出た。

カフェコーナーの空席を確認して、先に座っていてもらえるように示す。

「コーヒーでいいですか？」

「ココアをお願いしていい？　甘いのが飲みたいな」

茶目っ気たっぷりに先輩は言った。

社内には、本格的なカフェが併設されている。スープやパンなどの軽食や、ドリップコーヒー、その他ドリンクメニューを低価格で味わうことができ、ちょっとした相談や息抜きに活用することが推奨されている。

飲み物のほかに本日のスープであるビシソワーズと、摘《つ》まめる焼き菓子をいくつか一緒に注文して席へ戻った。先輩は私のトレーを見て、ふふっと笑った。

「最近のナッシーはあんまり心配いらないように感じ始めたんだけど」

食べやすいようにクッキーの袋を開けて勧めると、種﨑先輩はサクッといい音を立てながら、にこにこと私を見ている。私は早速スープに口を付けた。

人に見られながら食べることには、多少慣れてきたはずだ。それでも、一之瀬くん以外の人は久しぶりで、少し唇に力が入る。

（ん、美味しい）

日差しが強くなってきた初夏にぴったりの、冷製スープだ。冷たい料理は味気ないと思ってしまうことが多いけれど、このビシソワーズはじゃがいものコクが引き出されている。塩がきいているのだろうか。砂糖のような直接的なものではなく、素材自体の素朴な甘みだ。香りはほとんどないのに、口に入れると、バターやほのかなにんにくが立ち上がり、身体の奥へと深く広がっていく。

口の中は満足だ。けれど、なんだか物足りない。

カップを見つめながら、思い至る。そうか、容器が使い捨てだからだ。

（これだったら、ガラスの……いや、一之瀬くんの家にある蕎麦猪口《そばちょこ》でもいいかも）

そんなことを考えながら、人前で食べることの緊張よりも食事を楽しむことへの欲求のほうが強いことに我ながら驚く。

「もう、食事に誘ってもいいのかな？」

先輩が優しい顔でこちらを見ていた。食事に夢中になっていたことに気付き、思わず苦笑した。

「先輩はずっと待っていてくれたんですか？」

「一緒に行きたい気持ちはあったけど、無理をさせるものでもないし。仕事に支障があるわけでもないし、いつかはそんな気持ちになってくれたらいいなあ、とね」

にこっと笑う。こういうところが卑怯《ひきょう》だ、とも思う。タイミングを計るのが絶妙にうまいのだ。

「少食だって、言ったことはありましたよね」

「うん」

「コンプレックスがどんどん肥大化して、過剰に誰かと食事をすることを拒否していたんです。……っていうことに、最近気が付きました」

「気付けたのは、例の肌艶《つや》照男くんのおかげなのかな？」

「なんですか、その名前」

あだ名の響きと一之瀬くんの姿が乖離《かいり》しすぎて、噴き出してしまう。

「食べながら、肌艶照男くんのこと思い出してたでしょ。そういえば、ここで何か食べたことある？」

「恥ずかしながらコーヒー以外は今日が初めてです」

「事前に注文しておくと、メニューにないものも用意してくれるんだよね。だからさ、まずはランチミーティングしてみない？」

話が思わぬ着地をみせた。突然の提案に、コップを取り落としそうになる。

「フランクな会議だと柔軟なアイデアも口にしやすくなるし、固定の量じゃないピザとかにしたら、誰がどれだけ食べてるかなんてわからないんじゃないかな」

ふっと笑う先輩の顔を見て、この提案が私のために考えられたものだとわかる。

私の薄くなった透明な壁をぶち壊す時期を見計らってくれていたんだろう。

「……いいんですか？」

それなら私でも、みんなと食事をすることができそうだという期待と、自分から誘うことはできなかったという敗北感がぶつかり合うが、先輩はそれを見通すようにニッと口角を上げた。

「食事を楽しむイベントを企画するならさ、わいわい食べている場に居合わせてみることで、見えてくるものもあるんじゃないかな。手配は頼むよ」

完敗だ。私は素直に頭を下げた。

「ありがとうございます。ご教示ください」

「はっはっは。よきにはからえ」

部長に呼び出されていたのを思い出したと、先輩は悠然とした足取りでデスクへ戻っていく。部長を待たせて大丈夫なのだろうか……。やはり底知れない人だ。


翌日、先輩からミーティングの日時とおおよその人数、社内カフェの注文を指示するチャットが届いた。それを見て、業務の合間にカフェへ赴く。

バリスタの小野《おの》さんは、私の姿を見てピュウと口笛を吹いた。

「今日もスープを召し上がります？」

覚えられていることに驚きながら、私は首を振った。お昼前の時間に私がコーヒーを買いに来ることはほとんどない。だから珍しいと思われたのだろう。

「今度ランチミーティングをするので、軽食とドリンクを注文したいんです。相談に乗ってもらってもいいですか？」

小野さんは両眉《まゆ》を持ち上げて、驚きを示した。コーヒー修業の過程でイタリアに滞在していたという彼は、身体も言葉も表現が大げさだ。もちろん口説くような言葉も、息をするように口をついて出る。

「どんなミーティングなの？」

「新しい企画のアイデア出しなので、堅苦しくなくざっくばらんな雰囲気にしたいです。先輩はピザはどうかって言ってましたけど」

「ピッツァはおすすめだね！　真のナポリピッツァ協会認定店から届けてもらうからね！　でも会議で食べるならチーズのピッツァは少なめにして、ビアンケッティやペスカトーレなんかの海鮮とか、トマトベースのロマーナがおすすめだね」

なるほど、チーズは熱々にとろけているときに食べるのが美味《おい》しいことは間違いない。皆が一番に取ってくれたらいいが、強制するわけにもいかない。

「国が違うのはわかってるんですけど、ピンチョスみたいにちょっとずつ摘まめるものってできませんか？　余っても持ち帰って、自分のデスクで食べやすいような」

「フリットやアランチーニもあるよ。持ち帰りになってもいいように、冷製のアンティパストやブルスケッタなんかを多めに注文するのはどう？　希望があれば、ズッパ……スープもポットで提供するけれど」

「ぜひお願いします！」

人数と予算、日付を伝えると、小野さんは親指を立てて見送ってくれた。あとは当日を楽しみに待つだけだ。つい足が弾みそうになるのをこらえ、立ち止まった。

最後に飲み会に参加してから何年が経つのか。指で数えてみる。

会社に入ってから六年目に入った。最後の飲み会は、入社三年目の新人歓迎会だったから、接待などを除いて、最後に社内の人と飲食してから丸三年が経つ。

後ろ向きに拒否していた私が、飲み会ではないとはいえ、大人数で食事を共にすることが楽しみになるなんて、三年前には想像もできなかったことだろう。

どんな結果になっても、一之瀬くんとの食事会で報告をしたい。

一歩進んだことには間違いないだろうから。

そして、あっという間に迎えた当日。ランチミーティングは部屋へ来た人から順番に、自分の心地いい場所に収まっていく。

「とにかく気軽に。みんなでごはんを食べながら雑談する感じで」

種﨑先輩の挨拶《あいさつ》は、私にオーダーしたことと同じだった。

室内は、会議のように並んで座ることがないように、いくつかの島を作るようにテーブルを配置した。

「チャオ、ランチを届けに来たよ」

小野さんがワゴンを押して入ってくると、わっと部屋が湧いた。

オリーブオイルや香辛料の香りが、部屋の中に満ちる。食欲をそそられながら、テーブルに皿を並べるのを手伝っていると、先輩が私の腕を引いた。

「え、なんです――」

「今日のランチの仕込みは、ナッシーがしてくれました！」

先輩の言葉は、あたかも私一人で準備をしたかのようだ。

「いえ、あの、種崎先輩がミーティングの骨子を提案して、私はそれをただ実行に移していっただけで。メニューだって、小野さんがアイデアをたくさんくれて」

「謙遜《けんそん》のしすぎは却《かえ》って嫌みだよ、ナッシー」

「そうだそうだ！　アイデア丸投げなのを実行に移すのは大変なんだぞ！」

次々に褒める声が上がり、どういう顔をしたらいいのかわからなくなってしまう。それでも、みんなが喜んでくれていることはわかる。でも、このまま恥ずかしがっていては、料理が冷めてしまう。

「冷める前に食べましょう！　絶対、温かい方が美味しいので！」

料理を示して熱弁すると、どっと笑いが起こり、バラバラと料理の前へ群がっていく。これが好きだとか、初めてだから食べてみたいだとか、会話を弾ませて皿に盛っている。

利便性を考えて今日は紙皿を用意した。だけど、みんなが皿を彩っていく様子を見ていると、一之瀬くんの豆皿ごはんは、いかに見た目も重視されているのかよくわかる。味に影響があるわけではないけれど、味わいには大きく関わっているはずだ。

「はいはーい、ごはんを食べながら素敵なお仕事をモリモリしようタイムですよ。ただ飯食らいは帰りやがれなので、いいアイデアをモリモリ出してくださーい」

先輩が今日の趣旨を話している間に、スープと紙コップを持って回る。みんなはブーブー文句を垂れながらも、私がスープを配り終える頃にはブレインストーミングが始まっていた。

上司も入ったばかりの社員も、アイデア未満の考えから実現させたい企画など、可能か不可能かも関係なく話をしている。空回りの新人くんも、今日ばかりはハチャメチャな発言をしても、笑って許されている。

今日の私は会議の運営側なので、コンペ企画のアイデアノートを手に、気になったワードや思いついたことを書き留める。傍目《はため》から見ていると、先輩たちが上手く会話で導きながら、アイデアをまとめていったり深掘りをしたりしているのがよくわかる。それに、突飛だったとしても自分では思いつかないことを聞くのも面白い。

ふむふむと聞いていると、後ろから肩を叩《たた》かれた。

「準備ありがとう。ピザといえばチーズと思ってたけど、海鮮のも美味しいね！」

同期の彼女は、私の横に座った。もう手に皿はなく、ドリンクの入った紙コップだけを持っている。

「小野さんのアイデアなんです。時間が経つとチーズは固まるから、他の種類もあるといいだろうって」

「へー、さすが。小鳥遊さんもいっぱい食べた？　私は見事に食べ過ぎた」

彼女は朗らかにどれが美味しかったか、クリームコロッケかと思ったらごはんがでてきてびっくりしたことを伝えてくれる。

もしや、これは少食であることを言うチャンスでは……。動悸《どうき》のように全身で脈を強く感じ、急に口の中が乾いていく。

「わ、私、食いしん坊なんだけど、残念ながら少食であんまり食べられないんだよね」

さりげなく言えたかな。ちょっと早口じゃなかった？

反応を待つ一瞬が、とても長かった。

「え、食べたいのに食べられないって、つらいね。ピザは食べられた？」

馬鹿にするでもなく、同期の彼女は心配そうに私と料理の並ぶテーブルを見比べた。

「うん、さっき言ってた海鮮のやつは食べたよ」

「そっか、よかった。チーズのも美味しかったよ。また食べたいけど、社内ランチであれを食べる勇気はないなあ」

数日前までに注文が必要な上に、室内に充満するほどの香りだ。フリースペースで食べていたとしても、かなり目立つだろう。

「小野さんが言ってたんだけど、ピザはどこかのお店から届けてもらってるんだって。よかったら、今度どこにあるのか聞いておくよ」

「本当？　めっちゃ嬉《うれ》しい。お店のこと聞けたら一緒にランチで行こうよ！」

「いいの!?」

流れるようなお誘いに、大きな声で驚いてしまう。

「え？　もしかして嫌だった？」

私はぶんぶんと首を振る。

「私、本当に食べられる量が少ないんだけど、平気？」

普通に誘われたことが、とてつもなく嬉しい。でも、確実に彼女の胃に負担をかけてしまう。悩みきっていると、彼女はそれに気づいてくれた。

「あ、そっか。二人だといろんな種類が食べられないか。じゃあ、他の人も誘おうよ。集まれる同期とかさ。そうしたら、ちょっとずついろんな味が食べられるでしょ？」

厭《いと》うどころか、解決策まで提案してくれるなんて、菩薩《ぼさつ》のようだ。

「店の名前わかったら、チャットでみんなに呼びかけるね！」

目の前に呆気《あっけ》に取られた顔が見え、前のめりになりすぎていることに気が付く。けれど、彼女はあっけらかんと声を立てて笑った。

「小鳥遊さんとごはん行くの久しぶりだよね。私も楽しみにしてるから、絶対誘ってよね」

「もちろん」

これは今すぐにでも小野さんにお礼がてら店の名前を聞きださなければ。そして、綿密なスケジュール調整が必要な案件である。

アイデア出しのミーティングとしても、種崎先輩の真の企《たくら》みとしても、今日は大成功と言えるだろう。何人かに私の少食の悩みを打ち明けることもでき、誰もそれを深く気にする様子はなかった。

みんなと一緒にごはんを食べることに成功したし、お腹いっぱいだし、ランチの約束もできたし……すごく順調じゃない？

これは早く一之瀬くんに報告をしたい。彼はきっと驚きながらも、一緒に喜んでくれるだろう。

新人くんと部屋を片付けて戻ると、表情を硬くした芳澤さんが私を見て近付いてきた。持っていたものを新人くんにお願いし、彼女の下へ急ぐ。

「どうしたの？　何かトラブル？」

「来週のイベントに登壇する予定だった先生から、振り替えはいつになったのかという問い合わせがきて……」

えっ、と言葉が詰まる。幾人かお願いしている登壇者に変更などなかったはずだ。しかもタイムスケジュールに空きはなく、振り替え先はない。

「それ、私聞いてないんだけど……」

答えながら、メーラーを開き、確認をする。どこを探しても、やはりそんなメールを受け取った記録はない。慌てて先生へ電話を入れ、詳細を聞くと、登壇予定の日にどうしても外せない出張が入ったという電話を数日前にしてくれたと言う。電話を受けた若い男性の名前は失念したが、伝えておくので振り替えの日時を検討しておいてほしいと言っていたという。若い男性というところに、嫌な予感がした。

丁寧に謝罪をし、改めてスケジュールを連絡することを伝えると、先生は笑い声を立てた。

「いつも伝言をお願いすると、小鳥遊さんからはわざわざメールをくれていたから、今回ないのはおかしいなと思っていたのよ。こちらも確認不足でごめんなさいね」

電話を切ると、ふーっと長い息を吐いて心を落ち着かせる。隣で待っていてくれた芳澤さんが、不安そうに眉《まゆ》を寄せている。

「他に登壇できそうな方を当たってみますか？」

「ううん。先生は今回のメインだから、できる限り調整しないと」

私はイベント当日の予定を思い浮かべながら、新人くんに充てられたデスクへ向かう。彼は難しい顔をしながら、資料を睨《にら》みつけていた。私が声をかけると、彼はパッと顔を上げる。

「はい！　何か仕事がありますか⁉」

私は思わずぐったりと肩を落とす。

「資料を読んで内容を把握したり、覚えたりすることも、立派な仕事だよ。それよりも、私宛《あて》の電話を受けた覚えはない？」

彼は「はい！　受けました！」と勢いよく返事をした。

「小鳥遊さんの机にメモを置いておいたはずなんですけど、あれ……？」

デスクの上には何もなかった。どこに置いたのか、どんな紙に書いたのかを問うと、ただの紙だという。そこからか……と、私は頭を抱えた。

「研修の間は、電話を取らないでいいからね。どうしても取らないといけないときは、相手の社名、名前、連絡先を聞く。もし離席していたら、用件を聞いてメモを残す。付箋《ふせん》に書くとか、飛んでいかないように配慮する。大事なのは、勝手な返事はしないこと。そして、自分ではわからないときは、わかる人に電話を替わってもらってね」

彼はひとつひとつを真剣な顔で頷《うなず》いているけれど、メモをしようという行動は見受けられない。

電話を受けるのは、私でも緊張する。行き違いがあると、顧客にも社内の人にも迷惑をかける恐れがあるからだ。新人の間は名前も用件の内容もわからないことが多いので、うちの部署では研修の間は、むしろ取らないようにと教えられているはずだ。

「気を付けます！」

という頼もしい彼の言葉を背に、自分のデスクへと戻る。

相手の用件を直接確かめた今、メモを捜すよりもスケジュールの変更を考えるのが先だ。イベントのファイルを開いて、何をどうやりくりしようかと悩み始めたところで名前を呼ばれた。部屋の入口へ行くと、設営部門の担当者が訪ねてきていた。

「当日の演出に、変更ってありませんよね」

言いづらそうに彼は切り出す。

「ええ、ないはずですが……何かありましたか？」

私が首を傾げると、彼はフローリストの一覧を取り出した。今回のイベントでは、会場を花で飾り立てる。そして来場者が帰る際に、少しずつ持ち帰ってもらうことにしていた。ある程度の広さがあるため、区画ごとにいくつかの花屋に依頼している。手がけるアーティストによる違いも楽しんでもらうことが目的だ。

「今日、進捗《しんちょく》について確認したんですけど、一つのフローリストさんから、花の手配はできそうかと尋ねられて」

「え？　花材はそれぞれの店で用意することになっていましたよね」

「そうなんですけど、提携している花き農家さんの生育が悪くて、予定通りに揃わないそうで。先日、相談をしたと仰《おっしゃ》ってるんですけど。私たちは何も聞いてなくて……」

登壇者に続いて、演出にまで問題が発生していた。ここまで私の知らないところで連絡ミスが続くなんて、何かに祟《たた》られているのだろうか……。

しかし、嘆いていても状況がよくなるわけではない。

「すみません。こちらでも当日手配できる農家さんを当たってみるので、ご存じの方がいたら、そちらでも聞いてみてもらえませんか？」

「わかりました」

頭が痛い。イベントは来週末だ。

花の用意は当日としても、日程に合わせて咲くように調整してもらうことや数の手配、配達の手はずを整える必要がある。花き農家を探して……いや、まずは登壇のスケジュール調整の見直しだ。

新人くんにはくれぐれも直接連絡をしないように念を押して、花き農家のリストアップだけしてもらうことにしよう。タスクは山積みなので、これは、しばらく終電コースだなと自分を奮い立たせる。

「大丈夫ですか？　顔色が悪いようですけど」

かわいらしく覗《のぞ》き込んできたのは、芳澤さんだ。

「花の方にもトラブルが発生したみたいで、困っちゃったね」

軽く言うと、彼女は眉を寄せて少し怒ったような表情を見せる。

「またあの新人ですか？」

言葉に詰まる。少なくとも、電話の対応で彼はミスをした。けれど、それがなくても先生の登壇をリスケする必要があったことには変わりない。花の件も彼の伝達ミスという可能性もあるが、決めつけはできない。

「ちょっと明日《あした》から手伝ってほしいことがあるんだけど、芳澤さんの手は空きそう？」

「勝手に空く時間なんてありません。時間は自分で作るものですよ」

かわいらしく笑う彼女の、なんと頼もしいことか。

普段はそっけない対応だけれど、仕事という共通言語でつながっているのだと実感する。颯爽《さっそう》とした後ろ姿を見守り、私も気合いを入れ直した。

その日から毎日終電・始発コースで、スケジュール調整や各メディアへの変更の告知の依頼、チェック作業、チラシの変更シール貼り、対応してくれる花き農家へのお願いとトラックの手配、フローリストへの連絡など、あっという間に時間が過ぎた。

空き時間に助けにきてくれた別チームの同僚たちには、本当に足を向けて眠れない。

一之瀬くんに翌々週までごはん会ができそうにないことの謝罪を伝えると、了解ですというスタンプと「がんばってください！」という励ましの言葉が返ってきた。

一瞬和んだあとに、ひどく心が渇いた。


せめて日曜日だけは休もうと、土曜日の終電になんとか乗った。さすがの週末。楽しんだ後のご帰宅の群れにもまれ、更にふらふらとしながら、なんとか自宅の前にたどり着いた。

玄関の扉を開けようとして、鍵《かぎ》が手から滑り落ちる。床に落ちたそれを、呆然《ぼうぜん》と見守る。

動けない。なんでこんなことになっているんだろう。

自分のマネージメント力不足か。ランチミーティングを成功させたことなんて、幻だったのだろうか。新人くんのミスも、花が咲かないのも、全部私の責任か。

ダメだ。

お腹が空《す》いているだけじゃない。もう空っぽだ――。

そんなことを考えていたら、視界に、手が映り込む。私のではない。拾われる鍵を追うように目を上げると、心配そうな一之瀬くんの顔があった。

「これもまぼろし？」

「本物ですよ。本当に大丈夫ですか？」

「だいじょう……ぶ、じゃない」

泣きそうだ。

「おなか、すいた」

なんとか涙はとどまって、それだけを漏らした。

彼は私の肩からバッグを取り、鍵を入れた。

「家にあるものでよければ、食べていってください」

亡霊のような私を家に招き入れ、甲斐甲斐《かいがい》しくちゃぶ台の前に座らせて、彼はテキパキとごはんの支度をしてくれた。いつもより少し荒れた部屋、デスクの周りに散乱する本。急に来てしまった申し訳なさが頭に浮かんだけれど、何故だかホッとした。

いつもの彼の後ろ姿を眺め、運ばれてきた馴染《なじ》み深いお盆と豆皿のセットにほぅと息が漏れた。

水菜の胡麻《ごま》ドレ和《あ》え、ポテトグラタン、焼いたばかりの甘い玉子焼き、小さいサイズの塩握りが並んでいる。激励のめでたいお皿が並ぶかと思っていたけれど、どれも落ち着くようなぽってりとした陶器の豆皿ばかりだ。

彼自身はごはんを食べ終えていたようだが、私に取り分けた余りの玉子焼きを、自分の前に置いている。一緒に食べてくれるようだ。

いただきますとほぼ同時に手を合わせ、まずは玉子焼きに箸《はし》を付けた。

温かさと、たちのぼる甘みが心を溶かしていく。じわじわと、喉《のど》から全身に体温が戻っていくようだ。もう一度、安堵《あんど》の息を吐く。

「忙しそうですね。お疲れさまでした。明日は休めるんですか？」

「うん、なんとか」

気遣ってくれているのか、いつもは場を盛り上げるように近況を話す一之瀬くんの言葉数は少ない。

静謐《せいひつ》な空気は嫌いじゃない。けれど、なんだか今は落ち着かない気分になってくる。馴染みの光景から、音を消し去ったような。

「……メモがね、落ちてたの」

「メモ、ですか？」

「新人研修中は電話を取らなくていいって言われてるのに、勝手な返事をして、しまいには伝言メモが彼の机の下に落ちてたの」

なんのことやらわからないだろうに、一之瀬くんはうんと相槌《あいづち》を打ってくれる。

「いい子なんだよ、彼なりにすごく頑張ってるんだと思う。でも、私も自分のことだけでいっぱいいっぱいで……企画書もまだ途中だし。でも断れないの、頼まれると」

新人研修の引継ぎを決めたのは、課長だ。私なら断らないということを知っているからだろう。だから種崎先輩は心配して、聞いてくれた。そこでSOSを出せない自分が悪いということはわかっている。

泣き言を止めるために、最後に取っておいたおにぎりにかぶりつく。口を必死に動かして、一緒に弱音も飲みこむ。塩のきいたおにぎりは、お米がもちもちとしているのに、ふんわりと握られている。この中で眠りたいと思ってしまうほどだ。

「小鳥遊さんは、頑張っています。大丈夫ですよ」

根拠のない一之瀬くんの励ましだけれど、

（そうか、私は頑張れてるのか）

と、妙に納得してしまった。

仕事をしていれば、いろいろなことがある。今回はトラブルが重なって、通常よりひどいことになっている。けれど、それでも頑張れている。

「また月曜日から頑張れそう。夜遅くに突然ごめんね」

ごちそうさまと頭を下げる。彼は私の顔をじっと見て、深く頷《うなず》き、微笑んだ。

立ち上がり、用意してくれていたタッパーを差し出す。さすが、抜かりがない。

「陰ながら応援しています」

私は遠慮なく、無機質な容器に詰められた優しさを受け取る。あんなに苦痛だったものを、すんなりと受け取っている自分が現金だなと苦笑しつつ、誇らしい。

「ありがとう、美味《おい》しかった」

陰じゃない。私にとっては、春の日差しのように柔らかな光だ。

彼の部屋を辞去すると、自然と欠伸《あくび》が出た。張りつめていた心が解《ほぐ》されて、今夜はぐっすりと眠れそうだ。


タッパーの中身がなくなった頃に、自宅のドアに保冷バッグが掛けられている。そんな日々によって、なんとかイベント当日を迎えることができた。

すべての素材が会場に到着したことを確認し、登壇者の方々と軽い打ち合わせを終えると、足の力が抜けた。少し休憩、と会場の隅から全体を見渡す。

登壇の振り替えも、イベントの一番最後の時間に設けたことで、却《かえ》って花の配布やゆっくりと会場の変化を楽しんで帰ってもらうことにつなげることができた。

お客様が笑顔で帰っていくのを見守り、再びガランと片付けられた会場を後にした。

直帰したい気分だったけれど、会社に持ち帰らなければいけないものもある。自分だけで持てるほどのものだったので、手伝いを断って一人で帰社した。

日曜日の社内は、さすがにほとんど人影がない。真っ暗な部屋の電気を点《つ》け、片付けを終わらせていく。

明日《あした》は振り替え休日だ。けれど予定外のトラブル処理で、コンペの企画書はまったく進んでいない。家で少し進めようと、アイデアノートを取り出そうとした。

（……ない）

一瞬で、さっと頭から血の気が引いていく。凍ったように動かない指先で、引き出しの中に立てている書類を一つ一つ確認していく。先輩に見てもらうためにまとめた素案はパソコンの中にあるけれど、フィードバック以降の更新はしていない。最近のすべてはあのノートの中にあるのだ。

「なんで……!?」

いつもはここに入れている。けれど、トラブルが重なって、記憶が定かではない。ランチミーティングまではあった。でも、そのあとは自分のコンペ案どころではなくて、触っていない。

他の引き出しも、机の上も、どこを捜しても見つからなかった。

何度も、何度も、何度も、同じところを繰り返し捜す。けれど、最初から存在していないかのように、ノートの影もない。パニックに陥りながら、自分の荷物やデスクの下にも這《は》いつくばり、会社の資料棚の中も見ていく。

(持ち帰ったっけ？　いや、家で仕事をする時間も気力もないから、そんなことはしていない。会社にあるはずなのに)

捜している間に、二時間は経っていた。もう考える力すら残っていない。

机の下で座り込んでいると、種崎先輩の声が降ってきた。

「どうしたの、ナッシー。イベントは終わったんでしょ？」

「皆さんに助けてもらったおかげで、全部間に合ってよかったです。先輩もありがとうございました」

「いや、あんなに重なることは……って、本当にどうしたの？　話聞こうか？」

私が暗い顔をしていることが、トラブルに対するものではないと気が付いたのだろう。先輩は、珍しく焦ったような早口になった。

「いえ、なんでも……あの、私のノートを見かけませんでしたか？　コンペのアイデアをまとめていたやつなんですけど」

「赤いやつ？　見てないけど……ごそごそやってたのは、それ捜してたの？」

私がこくりと肯《うなず》くと、先輩は珍しく絶句した。

「どこかに置いたのかも記憶がなくて。もし見つけたら教えてもらえませんか」

「誰かが持ち出すものでもないしねぇ。華ちゃんにも話しておくね」

「芳澤さんに、ですか？」

なぜ今、彼女の名前が出てくるのだろう。私が首を傾げると、先輩は困ったように笑った。

「ノート行方不明事件に華ちゃんが関与してるとか、そういうことじゃなくてね。彼女ならきっとナッシーを助けてくれると思うよ」

芳澤さんは能力も高く、先日のヘルプの際も非常にすさまじい戦力となってくれた。簡単にこなしているように見えるけれど、コツコツと努力を積み重ねているということも知っている。だからこそ上司からの信用も厚く、彼女だって仕事は山積みだ。

「私個人のノートごときに、彼女の手を煩わせるわけには……」

「あー、違うよナッシー。上司権限でやらせるわけじゃないし、ナッシーのピンチなら、きっと華ちゃんは率先してやりたがると思うよ」

嫌われていると思っていたけれど、違うのだろうか。

「それに、『個人のノートごとき』なんて言っちゃダメだよ。ナッシーが大事に作ってきたコンペの企画案でしょ。今日はもう家に帰って休んでおいで。美味しいごはんでも食べて、英気を養うことが必要そうだよ」

先輩はひらひらと手を振り、踵《きびす》を返すといつもより早足で去っていった。忙しい中わざわざ足を止めてくれていたということがわかる。それに先輩に言及されるくらい、私はひどい顔をしているのだろう。

(『美味しいごはん』は、外で食べるか、何か買って帰るか)

ちょっと前であれば、食べたいものが決まっているときは、それをいかにして食べられるかを悩んだものだった。でも今は、「これを食べたい!」と思うことが減ってきた。「食べたい」と望んだときでなくても、美味しいものが待っているという状況に慣れてきたのかもしれない。ありがたいことではあるのだが、食べなければいけないときに、容易に頼ろうとしてしまう場所ができてしまった。

幸せな悩みなのだろう。

帰ろう。そして、また明日、捜そう。

ふらふらと揺れる身体をなんとか前へ進め、マンションの明かりが見えてきた。あと少しだと自分を励まして足を動かしていると、後ろから声がかかった。

首だけで振りむこうとするが、バランスを崩す。後ろにいた人物が、両腕を支えてくれた。

「一之瀬くん、……久しぶり」

「大丈夫ですか⁉　ひどい顔色ですよ」

「もう少し言い方……でも、そうだろうね」

さすがに一週間以上ぶっ続けの終電帰宅、始発出社はきつかった。これまで積み重なった様々なことの疲れが表情に出ていたとしても、仕方ないだろう。

「ああ、もう。ちゃんと食べていましたか？」

「そんな子どもみたいな心配しなくても、もらったお惣菜《そうざい》を食べてたよ」

「朝と昼は？」

そんなもの、とんと忘れていた。

「い、一応、お腹がすいたらスープを飲んだり軽食のパンを買ったりしていたよ。うちの会社に本格的なカフェが入っててね」

話をすり替えようとしたが、じとりとした目がこちらを見つめている。

「忘れていましたね？」

「……はい」

「うちに寄っていってください。残りものですけど、胃にやさしいものを――」

「いや、今日は……やめておく。疲れてるし」

こんな体力も気持ちも最低なコンディションで誰かといると、先日の弱音以上に、愚痴ばかりが口をついてしまいそうだ。優しく頷《うなず》いて聞かれたら、誰かを悪者にし、自分を責め立て……ひどいことになるかもしれない。

自分がきれいな人間だとは思っていないが、毒をまき散らす人にはなりたくない。少なくとも、彼の前では。

けれど、そんな気持ちは伝わらず、彼も簡単に引き下がろうとはしなかった。

「疲れたなら、なおさら何かお腹に入れてから寝た方がいいです。心の元気は、バランスのいい食事からですよ」

おどけたようには言っているが、一之瀬くんの目には切実な心配が籠《こも》っている。うなだれるように頷き、促されるままに彼の家に上がり、ちゃぶ台の前に座る。定位置でぼーっとしていると、目の前にお盆が差し出された。先日のように、ありものの中から私の好きそうなものや食べやすい料理を選んでくれたようだ。

それでも、いつものように食欲が湧くことはなかった。

ぽつぽつと箸《はし》を付け、なんとか咀嚼《そしゃく》をする。口に入れることにも苦戦している私に、彼もとっくに気付いているだろう。

けれど、何も言わずに温かいお茶を淹《い》れてくれた。緑茶かと思ったが、麦茶だ。ほんのりと黒豆の香りもする。知らず知らず、ほっと息が漏れた。

「今日は、ゼミ生の卒論の経過発表があったんですけどね、中には卒論って何書いたらいいんですかとか聞いてくる学生もいて」

「大学院生って、そんなこともやるの？」

「僕らにとっては、バイトを兼ねた指導の講習みたいなものですけど、さすがに呆《あき》れちゃいましたよ。ユズなんか、それを自分で考えるのが大学でしょうが！　なんて怒髪天で学生に食って掛かるもんだから、抑えるのが大変でした」

　ユズという名前は、以前にも出てきていた。仲がいい子なのだろう。女の子だろうか、男の子だろうか。何故かそんなことが気になってしまう自分に、イライラする。胃もなんだかもやもやと重たくなってきて、これ以上食べることは無理そうだ。

　箸を置き、頭を下げる。

「ごめんね。美味《お》しいんだけど、これ以上食べられそうにない」

「無理はしないでください。僕のわがままなので、そんな申し訳ない顔しないで」

せめてもという思いで、自分の皿をシンクに運ぶ。

お皿を洗いながら、残飯をビニール袋にまとめることは、とても悔しい。

彼が私の体調や食べやすいものをと気遣って作ってくれたのに。

とても美味しいのに。なんで私は捨てているのだろう。

「お金渡してるからってさ、無理に作らなくていいからね。前も言ったかもしれないけど、自分の分を作るついでにちょっと一緒に食べるとかで、私は平気だし」

「あの、そのことで前から考えてたんですけど……」

一之瀬くんにしては珍しく、言い淀《よど》んでいる。

お皿を洗って泡だらけの手をしながら振り返ると、彼はなんだか真剣な目をしている。これは中断して話を聞いた方がいいのだろうかと思った瞬間、爆弾が落とされた。

「そろそろ、契約を終わりにしませんか？」

「――え？」

洗いかけの豆皿が、手から滑り落ちた。床で、小さくパリンと鳴った。

「あっ……！」

慌ててしゃがみ込むと、シロツメクサの縁が欠けていた。小さな破片は見当たらないが、縁の一部が大きな塊になって、本体から離れている。

弱り目に祟《たた》り目というが、間違いなくこれが私の中で一番の禍《わざわい》だ。

ポケットからハンカチを取り出し、欠けた皿と破片を包む。まだほかにも破片はないかと探していた右手が握られる。

「手で触ると危ないですよ。今掃除機を持ってきますから」

「ごめん、これ、大切なお皿だよね」

巾着絞《きんちゃく》りにしたハンカチを、両手で大切に包み込むが、彼は頓着《とんちゃく》した様子もない。

「いつか壊れるものですから。それがたまたま今日だっただけですよ」

でもこのお皿は、彼が一番好きだと言っていたものだ。

祖母との思い出が詰まっているって。

思い出の品は、ただの「もの」じゃない。共に過ごしてきた年数や経験が、皿そのもの以上に大切だろう。

そして、物質じゃないものは、どんなに謝っても返すことができない。

そんな大事なものを、いくら疲れていたからといって、動揺したからといって……謝罪のしようがない。

「本当にごめんね、同じものがあるかわからないけど、探して返すから」

「気にしなくて大丈夫です。豆皿はこれからも増えていきますから。それに、大切なのは、ものじゃなくて記憶なので」

一之瀬くんのフォローが本心だったとしても、今の私には強がりに聞こえてしまう。

（もうダメだ）

自己嫌悪で涙が目を覆い始め、視界がぼんやりとし始める。

「とにかく、買って返すから。ごめん、今日はもう部屋に戻るね。ごはんありがとう」

温かいものが頬を零《こぼ》れ落ちる前に、彼の顔を見ないように部屋を出ていく。

呼び止められる声がしたけれど、聞こえないふりをして隣の部屋まで走る。たった一メートルなのに、足がもつれて転びそうになりながら、部屋に逃げ込む。

後ろでバタンと大きな音を立てて、ドアが閉まった。

はぁはぁと、自分の口から荒い息が漏れていたところまでは記憶にあった。

いつの間にか着替えを済ませ、メイクも落として、ベッドにもたれかかるように寝ていた。あと少しでふかふかのお布団なのに、そこが限界だったようだ。

けれど、泥のように眠ったおかげか、目覚めたときには多少はすっきりとしていた。

禍福は糾《あざな》える縄の如しとは、よく言ったものだ。ランチミーティングの満足感から一転、次々とトラブルが起き、同僚たちの存在にありがたみを感じながら乗り越えたら、アイデアノートは消え、お隣さんの大事なものを壊してしまった。

けれど、起きてしまったことに対しては、挽回《ばんかい》するか、諦《あきら》めるかの二択しかない。

パソコンを開き、割ってしまった豆皿と似ているものがないか、窯元から取り寄せができそうか調べる。

同じシロツメクサがモチーフで雰囲気も似ているといえるものはあるが、やはり別物だ。お祖母《ばあ》さんから譲り受けたと言っていたから、まったく同じものを見つけるのは不可能に近いだろう。

弁償する品のほかに、一之瀬くんが好みそうな器をいくつか見ていく。

（けど足りないものはないだろうしなあ。お詫《わ》びになりそうな……これ、いいかも）

きっと気に入ってくれるという確信はあるけれど、ただの自己満足かもと不安になる。届くのは一週間後。それまでに自分が納得することはできるのだろうか。

数日捜してもノートが出てくることはなかった。企画書の提出期限は、あと二週間ほど。出てくるかわからないものに時間をかけるより、書き直した方が早いと判断し、業務を終わらせ次第帰宅し、家で企画書を作り直す生活を送る。

もっとターゲットを絞って、具体的に。

クライアントに提案するように、どのようなコンセプトで行うのか、メリットや集客の手法、イベント、データでストーリーを構成していく。数字もイベント内容もできるだけイメージしやすくしていたはずなのだが、如何《いかん》せん見直す資料がない。

構成を思い出すことにも時間がかかるうえに、一からデータを拾いなおしたり、予算の数字を挙げていくことにも、かなりの手間がかかる。作業できるのは、終業後か休憩時間、そして休日だけだ。

あまりの道のりの遠さに、モチベーションがだだ下がりだ。淡々とキーボードを打っていくが、日付が変わろうという頃にはやる気が尽きていた。

「はあぁぁ、もうダメだ。今日は片付けよう」

コンペの企画は、絶対に出したい。

けれど、筆が進まない。それは、同じ作業を繰り返すことへの嫌気ではなく、何か企画に自分自身がピンときていないことに私は気付き始めていた。

どこかが間違っている。でも、それが何なのかがわからない。そのこともモチベーションが上がらない理由の一つだ。

そしてもう一つ。

ガタン、とドアが揺れた。不審なものではないとわかっている。足音さえ穏やかに響かせて、隣のドアが開いて閉まる音が聞こえた。

一之瀬くんだ。

彼とは、あの日以来顔を合わせていない。手元にはお詫びとして用意した品も届いているのに、謝れていない。

それなのに、週に二度か三度、ドアノブにおかずが下げられている。小さなおにぎりが付いていることもある。栄養バランスの整った、私のことを考えて作られたごはんは、単純に美味しいと言い表せるものではない。

食べるということが、こんなにも尊いものだったのかと気付かせてくれる。

隣に聞こえないように、そっとドアを開け、タッパーを回収する。今日のメニューは、玉子焼き、ほうれん草とシラスのごま油和《あ》え、鶏《とり》ハムとじゃがいものハニーマスタード炒《いた》め……これを受け取ることは、すでに契約の範囲を逸脱していることはわかっている。だから一之瀬くんは、契約という関係をやめる提案をしたのだ。

今だけは彼の優しさに甘えよう。そして、契約の終了を受け入れる覚悟ができたら、お詫びの品を渡しに行こうと決めた。


夜は企画書づくりに精力を傾けるべく、一之瀬くんのお惣菜《そうざい》は会社へ持っていき、一日の食事をそこで一気に摂《と》るようになった。といっても、お弁当箱など持っていないので、一之瀬くんがおかずを詰めてくれているタッパーを使わせてもらっている。

企画書の提出ができないと、覚悟も決まらない気がする。とにかく終わらせなくてはと焦る気持ちで、タッパーを空にすると、すぐにパソコンに向き直る。

急激に血糖値が上がったことによる眠気と戦っていると、

「小鳥遊さんっ！」

耳のすぐ傍で聞こえた声に、飛び上がった。少しだけ腰が浮いたと思う。

「なんでですか!?」

なんでって、何だろう？　問い詰められている私の方が問いたい。

少し考えてみるが、やはり理由がわからない。

「えーっと……何がだろう」

「どうしてちゃんと注意しないんですか？　報告書にも、彼の落ち度は書いてありませんでしたよね」

芳澤さんの言いたいことがわかった。新人くんの電話応対の件だ。

「でも、積極的に電話を取ってくれるって、今はなかなか貴重な人材だしさ」

「取るなという指示は、初期研修できちんと理由込みで聞かされているはずです。指示を守れないことは、チームプレーに悪影響です。それに、フローリストさんのことだって、聞いてすらいないでしょう？」

「それは、決めつけはいけないでしょう？」

「あいつ、その話題のときに『あっ』って顔をしていました。絶対に犯人はあいつです！」

「それは――え？」

疑ってはいけないというブレーキをかけすぎて、逆にフィルターがざるになっていたのだろうか。

私が驚いていることに、彼女は唇に力を入れるように怒りを見せた。

「行きますよ！」

彼女に手を引かれて向かった先は、新人くんのデスクだった。芳澤さんの雰囲気を見たままに考えているのか、新人くんは少し目を輝かせて、元気よく挨拶《あいさつ》をした。

それに対し、彼女は机に叩《たた》きつけるように手を置いた。

「小鳥遊さんに迷惑をかけたことについて、謝罪はしましたか？」

「へ？　あ、あの……すみませんでした」

彼は気圧《けお》されたように、ぺこりと頭を下げた。

「私に頭下げてもしょうがないでしょう⁉」

新人くんは慌てて私に頭を下げなおし、ちらっと上目遣いに芳澤さんを見上げる。

何をそこまで……といった新人くんの様子に、私は頭を抱えたい気分になった。「とりあえず謝る」なんて選択は、今の彼女にとって火に油を注ぐのと変わらない。

「もう覚えたよね！　電話は研修の間は取らない。取次メモは落とさないように気を付ける！　ね！」

私のフォローに、新人くんはきょとんとしている。まったく通じていない。

「メモは？」

「へ、あ、落ちないところに――」

「違う！　なんで教えられたことをメモに取らないの」

元から彼の中に、メモを取るという概念がないのだろう。アルバイトなどはしなかったのだろうかと、今は気にしている場合ではない。

芳澤さんのボルテージが一気に上がり、私まで睨《にら》みつけられた。

「もうこれはダメです。小鳥遊さんが背負う必要もありません。上に相談して、どうにかしてもらいましょう」

「ちょっと、結論が早いよ。落ち着いて」

真剣に止めると、彼女は気持ちを抑えるように深いため息を吐いた。

「じゃあ、最後に。あなた、赤いノートを見なかった？　A4サイズで、表紙は飾り枠が描かれていて、背表紙が黒いの」

急な方向転換に、新人くんは目を回しながらも、必死に考え始めた。そして、あっ！　と声を上げた。それに食いついたのは私だ。

「どこで見たの!?」

「え、あの、ランチミーティングの日に、小鳥遊さんに片付けを任されて……」

嫌な予感だ。

「……もしかして、一緒に捨てた？」

「あ、えーと、多分……えっと、どうしたっけ」

隣から、深く息を吸い込む音が聞こえた。これ以上芳澤さんの怒声が響くことのないように、私は話を仕舞う。

「わかった。今度次の研修先に行く前に、時間をください。大事な話をします」

新人くんにそれだけを伝えると、今度は私が芳澤さんを引きずるようにその場から連れ去った。

　併設のカフェへ座らせると、私はコーヒーを買いに行く。小野さんが肩を竦《すく》めつつ、アイスティーを勧めてくれた。私はそれに頷《うなず》き、透明なプラコップを二つ持って戻る。

「小鳥遊さんは、いつも甘いんですよ！」

　座るなり、彼女は不満を漏らす。先ほどの噴火しそうに煮えたぎった怒りは、ひとまず収まったらしい。

　とりあえず私は渇いた喉《のど》を潤すことにした。すっきりとした香りに、人工的なものは感じない。小野さんはアイスティーやアイスコーヒーは水出しで作っているという。時間はかかるけれど、味がマイルドになるそうだ。

　紅茶の香りは幸福感を引き出すということも聞いた。

「はあ、燃えカスになっちゃったのかなあ、ノート」

　自分でも意外なほど、落ち着いている。香りのおかげもあるかもしれない。

　けれど、芳澤さんが一番の理由だろう。

「私のために怒ってくれたのは嬉《うれ》しいよ。でも、まだ彼は研修中だし、人前であんなに怒るのはよくないと思う」

　彼女は「でも」と言いながら、自分の行動を悔いたように、唇を引き締めた。

「それは、悪かったと思います。あとで謝っておきます。でも、小鳥遊さんは、本当に甘すぎますよ。それでいつも損をしている」

　思わずぽかんとしてしまう。

「よく、見てるねぇ」

　私が呟《つぶや》くと、睨みつけるような上目遣いが刺さる。

「いや、新人くんのこともさ、見てないと気が付かないでしょう。感心してるんだよ。私はそこまで周りをちゃんと見られてない。さすがだね」

　褒めているのに、彼女の眉間《みけん》の皺《しわ》が深まったような気がする。

「なんでそこまで、かばうんですか？　指示を聞けないなんて、学生より甘いですよ。それに、食べた後のゴミとノートを一緒に捨てたり、普通しますか？」

「うーん、まあね、思うところはあるよ。でも、彼は真剣に仕事に向き合っている。それに常識って、これまでの環境でだいぶ違うんだよ。彼の生きてきた普通と、私たちの暗黙の了解は違うのかも。さすがにこのまま次の部署に行かせるのは心配だから、今度しっかり教えることにするけど」

「だから……っ、」

　言いかけて、芳澤さんは諦《あきら》めたようにため息を吐いた。

「コンペのことはどうするんですか？」

「出すよ」

「でも、ノートは」

「そうだね。でも、改めて作り直してる間に、何かが違うって感じ始めてるんだよね。いっそのこと、一度前の案は捨ててみた方がいいのかも。そうだとしたら、ノートがなくなったことで却《かえ》って諦めがつくかも」

芳澤さんは呆《あき》れたような視線をこちらに向け、勢いよくアイスティーを飲み干し、さっと立ち上がる。

「わかりました。とりあえず彼に謝ってきます」

颯爽《さっそう》と戻っていく彼女の後ろ姿は、やっぱり素敵だなと見惚《みと》れてしまうものだった。


早めに仕事を切り上げて、終電になる前に帰路に就いた。

道々、企画のスタート地点から思い返してみる。

アイデアを思い付いたのは、一之瀬くんと街歩きをした後だ。自分のための器を作って、ちょっとずつ味をみる食べ歩きで、日々の食事もこんなふうに楽しめるものだといいなと考えたのがきっかけだった。

ちょっとずつ分け合うことで、縁ができる。絆《きずな》が少しずつ重なり合って、増えていく。そんな小さな過程を踏むことは、とても大事なことだと、彼が教えてくれたのだ。

久しぶりに会いたいな。そろそろ器も届いているかもしれない。

そう思っていたら、改札の出口に待ち人を見つけて思わず声が出た。

「一之瀬くん⁉」

私の声に、彼は視線を上げる。読んでいた本をリュックにしまいつつ、こちらへと駆け寄ってきた。

一之瀬くんに会うのは、豆皿を割ってしまった日以来だ。会えた嬉しさとお別れの悲しさがごちゃまぜになりながら、私は声をかけた。

「久しぶりだね、一之瀬くん。ずいぶん遅い時間まで、珍しいね」

「ちょっと学会の準備がありまして。後輩の初めての発表があるんですけどね、今日までに準備しておくはずの原稿がまとまってなくて、教授は拗《す》ねて帰ろうとするし、周りの方がてんてこまいでしたよ」

「拗ねたの？　教授っておいくつ？」

「もうすぐ退官ですね。おじいちゃんなんですけど、自由人で、もう振り回されてばっかりですよ」

愚痴のようでいながら、教授のことを慕っているのがわかる。きっと研究室も切磋《せっさ》琢磨《たくま》できる場なのだろう。いい環境に導かれるのは、彼の性格の賜物だろうか。

「小鳥遊さんも最近忙しそうですね。コンペの企画書作りは順調ですか」

「うん、そうだね」

嘘を吐いた。関係が終わるのなら、彼に心配をかけるように跡を濁したくない。

「あと一週間ほどで提出だからね。追い込みで頑張ってるよ」

「……そうですか。じゃあ、今日は久しぶりにうちでごはんを食べていきませんか？」

「え、でも、こんな急に」

「簡単に仕上げられるものを用意してあるんです。あとは、ありものでよければ」

寝かせておいた問題が、突然目の前に起き上がったようだ。できればコンペの後にケリをつけたいと思っていた。けれど、それは私の事情だ。

こんなあっけなく終わる日が来てしまうのか。

もう少し、もう少しと言い訳を続けて延ばしていたのは、まだ続けていたいという気持ちが、こんなにも強くなっていたからか。

(きちんと謝って、次に進もう)

「じゃあ、ちょっとカバン置いてくるね」

互いの玄関前で一度別れたあと、一之瀬くんの家のチャイムを鳴らしてすぐにドアを開ける。時刻は偶然にも、いつもの二十三時だ。

彼はキッチンの前に立ち、何かを煮込んでいた。今日は出汁《だし》の香りではない。

「中華料理？」

尋ねると、彼はにっこりと笑って、火を止めた。鍋《なべ》をそのままに、豆皿を並べたお盆だけをちゃぶ台に運んでくれる。

「なんだか、いつもと違う？」

お盆もおかずも、見なれたものだ。けれど、どこか景色が変わってみえる。首をひねるが、違和感の元がわからない。

一之瀬くんを見上げると、彼はいたずらっぽい目を向けた。

「なんだと思います」

つまり、これは彼の企《たくら》みだということだ。お盆を持ってみたり、おかずの香りを嗅《か》いでみたりと調べ、横から眺めたときに閃いた。

「全部深さのあるお皿だね……」

一之瀬くんは、いつも豆皿の色合いや素材などを、おかずの見栄えがよくなるように盛り付けてくれている。食事としての栄養バランスも考えられているので、今日のように高さのある器の惣菜《そうざい》ばかりになるということは珍しい。

今日のメニューは、煮物やあんかけ、なめ茸《たけ》おろしなど、深みのある皿向きの料理ばかりだ。お盆を持ってきてくれた彼もそのまま座ったので、キッチンを見る。鍋の中身をよそう様子はない。

「あれは今日食べるものではないの？」

「アレはもう少しあとです」

なんだ。作り立てを食べたかったのに。

残念な気持ちが表情に出ていたのか、一之瀬くんはくすりと笑った。

「さあ、食べ始めましょう」

いただきますと手を合わせ、まずは夏野菜の焼きびたしに手を付ける。口に入れた瞬間、焼けた香ばしさがほのかな苦みを伝える。嚙《か》みしめると、野菜から汁があふれ出てくる。酸味は強すぎず、かといって物足りないというわけでもなく、もっと食べたいと胃を刺激してくる。嚙むたびにパキッと、歯に小気味好い感触が伝わってくる。

食欲はあまりないと思っていたが、どんどんと箸《はし》が進む。

「焼きびたしってガラスの器で出てくることが多いから、厚手の陶器だと印象が違うね」

「ちょうどいいガラスの小鉢がなかったっていうのもあるんですけどね」

「ううん。素敵だと思う。なんか、ほっとするね、この感じ」

皿を持ち上げて、しげしげと見つめる。ぽってりとした丸みを帯びた小鉢は、チューリップのような形をしている。釉薬《ゆうやく》のつるりとした部分も、かかっていないざらりとした感触も、思わず指でなぞってしまう。

「陶器は、丈夫だから使いやすいし、温かみがあっていいですよね」

そうか、それで……。

いつもと違って、小鉢ばかりなのは、私の心身を気遣ってくれたのだろう。

あんなことがあったのに、私のことばっかり。本当になんてお人好《ひとよ》しだ。謝りづらいなんて意地を張っていることが馬鹿らしくなってくる。

私は箸を置き、脇に置いていた紙袋を差し出した。ずっしりと重いので、座ったまま持ち上げるのも一苦労だ。

「お皿、割ってしまって本当にごめんなさい」

一之瀬くんは困りながらも紙袋を受け取ってくれた。

「却って気を遣わせてしまってすみません」

「ううん。思い出の品を壊しちゃうなんて、何をしてもお詫《わ》びにもならないけど」

「開けてみてもいいですか？」

紙袋の中身は豆皿の重みではないから、気になるのだろう。

中に入っていた小さな紙箱と、それより大きな紙箱を、彼は慎重に取り出した。

まず開けた小さな方には、壊してしまったものと似た豆皿が二枚入っている。同じシロツメクサをモチーフにした素地の器だ。

薄紙を開いたときの一之瀬くんの表情で、ほっと安堵《あんど》をした。

お皿を置いた一之瀬くんは、もうひとつの紙箱を一層不思議そうに見つめている。

厚紙を張り合わせたような箱を開けた彼は、ひゅっと息を呑《の》んだ。

「こ、これは……」

重さをものともせず、ひょいと持ち上げる。見つめる一之瀬くんの目は、宝石か憧《あこが》れのスターに出会ったかのように、キラキラとしている。

お詫びの品を探しているときに目に留まったのは、岩手県の伝統工芸品・南部鉄器《なんぶ》の鉄瓶だ。光沢のない重厚な鉄瓶は、彼ならば喜んでくれるのではと思った。

「今って、いろんな色と形があるんだね。迷っちゃったけど、やっぱり昔ながらの黒が恰好《かっこう》いいかなと思って。好みじゃなかったらごめんね」

「本当に、こ、こんな、いいものをもらってしまってもいいんですか！　南部鉄器だなんてレジェンドじゃないですか！　ちょっと身分不相応じゃないですかね」

早口で言いながらも、頬を紅潮させている。これほど気に入ってくれるとは思わなかったので、ちょっと引いているのは内緒だ。このまま鉄瓶を見つめる時間が過ぎていくのかと不安になっていると、一之瀬くんのスマホが鳴った。

どうやらタイマーのようだ。

彼はやっと我に返って、コンロへ向かう。お預けをくらっていた鍋がいよいよ出てくると思うと、ときめいてしまう。

蓋《ふた》という封印を解いて、傍らに置いてあった器に取り分けているのを眺める。ドアを開けた時の香りは鶏《とり》ガラスープの香りだった。

どんな鍋料理が出てくるのだろう。

わくわくしながら運ばれてきた小鉢を覗《のぞ》くと、白いおかゆが入っているだけだった。正確に言えば、白いおかゆの上に針生姜《はりしょうが》と白髪ねぎ、裂いた鶏ハムが載っている。

散々期待させて、なんとも地味なものがきたな。と思ったあとに、慌てて自分の中でその思いを打ち消した。いやいや、一之瀬くんのことだ。何かかけるものとか、載せるものとか、ここから巻き返してくるに違いない。

しかしそんな希望を打ち砕かんばかりに、彼は自分の匙《さじ》に粥《かゆ》をすくって、ふーっと息を吹いている。

この小ざっぱりした白い汁状のものが、本当にクライマックスなのか……。

少しばかり、否《いや》、だいぶがっかりしながらも匙を取る。彼をまねて、粥を少し冷ましてから口に入れた。

（え、えぇぇ、わぁぁ……）

あっさりした見た目に反して、濃厚な味を感じる。嚙むごとに、魚介や鶏ガラ、きのこなど様々な滋味が口の中に広がり、次の一口へとつながっていく。

食べる毎に薬味を変えることで、いくつもの種類のごはんを食べている気になれた。入れてくれた器は、いつもよりも大きめの小鉢だったけれど、次はどの組み合わせで食べようかと考えているだけで、あっという間に空になってしまった。

反対に、私のお腹は幸福で満ちている。吐息を漏らすと、なぜか私をじとりとした目で見ている一之瀬くんに気が付いた。

「な、なに？」

「そんなにもりもり食べるなんて、会っていない間もちゃんと食べていましたか？」

「食べて、た、よ――……多分」

何を食べていたのかということはあまり記憶にないけれど、会社のカフェの軽食や一之瀬くんの差し入れを消費して生きていたような気がする。

少し考えていたのがばれ、一之瀬くんはまくしたてるように聞いてくる。

「ちゃんと寝てますか？　目の下のクマもすごいですよ。肌もなんだかカサカサしている気がするし。睡眠と食事が、健康の一番のもとですよ」

「もうすぐ、締め切りまであと少しだから!!」

「小鳥遊さんはちょっと目を離すと、すぐに不健康な生活になるんですから！　毎日確認でもしましょうか」

また母親みたいになっている。なんだかおかしくなってきて、つい噴き出してしまうと、彼も自分の小言に気付いたようで、照れたように口をつぐんだ。

「心配なんですよ、本当に」

「うん、ごめんね。年上なのに、心配かけて」

「年上とか下とか、関係ないですよ。でも、そこまで根を詰める必要があるなんて、進んでないんですか？」

ちょっとね、とごまかそうとして、やめた。

「いろいろあって……聞いてくれる？」

おずおずと尋ねると、彼は強い笑みを浮かべて頷《うなず》いた。

仕事であったトラブルや企画書のためのアイデアノートがなくなってしまったこと、書き直している企画書がしっくりこなくて困っていることを率直に話す。

一之瀬くんはいちいち頷きながらも黙って聞いてくれていた。それだけで少しすっきりしたのだけれど、彼は少し考えながらも口にした。

「企画を考え始めたときと、今のテーマが変わってきてるんじゃないですかね」

自分が帰り道につらつらと考えていたことを見透かされたようで、ドキリとする。

「一之瀬くんも、そういうことある？　どうしてる？」

「完成系のイメージがあるなら、そこに照準を合わせて考え直すかな」

「イメージがないときは？」

「論文の場合、最初に結論を決めつけて書くのは危険なので、もっと調べます。自分の考えを棄てて、調べて調べて、それから自分の論を組み立てます」

目からうろこが落ちるとは、このことだ。

今回の企画について、私は過去のデータや経費の計算などは調べたが、リサーチはほとんどしていなかった。忙しいからということもあるけれど、『どうせ実現するのかわからないし』という侮りがあったのかもしれない。

本物の企画のようにと言いつつ、一番大事なことを忘れていた。

「ありがとう！　なんとかする。ううん、絶対完成させる！」

精一杯の感謝を伝えていると、むくむくとやる気が復活してきた。何度もペコペコと頭を下げていると、彼は「大したことは言ってませんよ」と笑った。

「小鳥遊さんなら、きっと完成させられますよ」

頭を上げて彼の表情を見たとき、あれ？　と思った。

いつもなら穏やかな笑みの中に、ほんの少し照れの色が見えるような表情をしている。だけれど、今日はどこか疲れたような影が落ちている。

「アドバイスのおかげで、気持ちも前向きに戻ってきたよ。……一之瀬くんも何かあったら、遠慮なく愚痴ってね。話聞くから」

彼が悩みを抱えているのであれば、切り出してくれないだろうか。しかし、そんな願いもむなしく、一之瀬くんは「その時は頼みますね」と返した。

これでは、私はこれ以上聞き出すことはできない。今の私では彼の力になれないんだろう。ならせめて、彼を安心させてあげたい。

「今日のごはんは、どれも疲れた体に優しくて、美味《おい》しかったです」

ごちそうさまでしたと頭を下げると、一之瀬くんはようやくいつもの笑みを顔中に広げた。

「大抵の料理は完成した直後が美味しいと思うんですけど、煮物は煮込んだあとに一度時間をおいて冷ますことで、味がよく染みて美味しくなるんです」

蘊蓄《うんちく》のようでいて、励ましてくれているのだということが伝わってくる。

出汁《だし》が具材の中に染みた煮物は、噛《か》むとじゅわりと旨《うま》みが口に広がる。私の企画も寝かせておいた時間を経て、きっともっと面白いものにできる。

お礼を言って、お隣の部屋を出た。

久しぶりに集中してごはんを食べたからか、お腹から指の先までぽかぽかとしている。力が全身に巡り始めている。一之瀬くんの言っていたことを、いま実感している。

「あとは、睡眠か」

本当はもう少し企画書作りを行うつもりだった。でも、寝かせる時間が必要だというのなら、明日《あした》からパフォーマンスを発揮できるように体調を整えることにしよう。

んーっと大きく伸びをする。そのままパタンと腕を下ろすと、全身からきれいに力が抜けた。今日は、よく眠れそうだ。

自分の部屋へ入ったところで、ようやくもう一つの本題を思い出した。

豆皿ごはん会の契約を終了したいという申し出について、一之瀬くんから何か言われるのかと思っていた。けれど、私が落ち込んでいたから、やめてくれたのだろうか。

今から戻ってその話をする気はない。また後日改めることにしよう。それまでに、今度こそ覚悟を決めておくのだ。


部屋に差す朝日で目が覚めた。こんなにすっきりとした目覚めはいつぶりだろう。てきぱきと出社の準備をし、まず社内カフェでカフェラテを注文した。

渡してくれるときに、小野さんは顔色がいいことを褒めてくれた。素直にお礼を言うと彼は少し目を見開き、ぴゅーと口笛を吹いた。

始業までにはまだ時間があるはずなのに、私の机の上にはなぜかファイルが積み重なっていた。また課長の無茶ぶりだろうかと、恐る恐る近づいてみると、一番上に付《ふ》箋《せん》が貼られていた。

『よかったら、使ってください　芳澤』

首を傾げながらファイルを開いてみると、外食産業や冷食事業、最近のスーパーでの試食の展開などがまとめられていた。違うファイルにも、個食や孤食、子ども食堂など、食生活にまつわる新聞や雑誌の記事、食の変化を分析した数字データなど、多面的な角度から捉《とら》えられるようにまとまっている。

仕事が早い。

私がもともとやろうとしていた企画の資料だけじゃなく、食全般に関することがまとめられているのは、昨日私が企画内容を変えるかもと言っていたからか。

何かキーワードが拾えないか、スクラップを読んでいく。タスクの合間や昼休みを使って読み込むことで、なんとなく自分のやりたいテーマが見えてきた気がする。でも、それをどう形にしたらいいのかわからない。悩みながら、定時が過ぎ、残業をしていた同僚たちもほとんどが帰っていった。

静まり返ったオフィス内で、思考を巡らせながらスクラップブックをぼーっと眺めていると、後ろから紙のカップがふわりと置かれた。

「芳澤さん、まだ帰ってなかったんだ」

彼女は自分の分を飲みながら、隣のデスクへと座った。

「企画を変えるかも、とおっしゃっていたのでいろいろ資料を揃えたんですけど、役立ちそうですか？」

「参考になりそうなものはたくさんあったよ」

「何が目に留まりました？」

彼女は自分の作ったファイルを覗《のぞ》き込む。私はページをめくって、彼女に見せた。

「この……金継ぎ？　個人的にも気になったかな。これって素人でもできるの？」

「教室も最近増えてるみたいですよ。ていねいな暮らしが流行《はや》りだしてから、再認知されたみたいです」

割れた器を直す技術。私にもできるのかな。あとで教室を探してみよう。

「長く使い続けるための方法かぁ。伝承されないと失われる技術もあるしね……」

そういえば私にだけはそっけない態度だった芳澤さんは、なぜ突然、こんな親身になってくれるのだろう。こんな風に、彼女と落ち着いて話すことも久しぶりだ。

「芳澤さんって、私のこと嫌ってたんじゃなかったんだね」

彼女はこれ以上ないほどに、目を瞬《しばた》かせた。ぱっちりとメイクしたまつげが揺れる。

「そんなこと……っ!!　私の方こそ、嫌われてると思ってて」

珍しく、それ以上の言葉が出てこないようだ。今では完璧《かんぺき》女子の芳澤さんだけれど、新人の頃は言いたいことをまとめることが苦手な様子で、よくこんな姿を見たことを思い出す。一体どこで、私たちは掛け違えていたのだろう。

「嫌われてなくてよかった。どっちにしろ、かわいい後輩であることには変わらないけど」

この時間は、壊れていた彼女との絆《きずな》を繋《つな》ぎ合わせる金継ぎの時間だったのかも。互いに勘違いをしていただけなら、きっとこれからまた新しい関係を築いていける。

（そっか、何も器に限ったものじゃない）

忘れないうちにアイデアを書き留める。

続けるための技術、失われていくものを引き継ぐ……これが新しいキーワードになる気がする。

文化の継承とごはんで、何かつながるものを目にしたような、とパラパラと資料をめくってみる。どこだったっけと呟《つぶや》きながらあれこれ探していると、芳澤さんが「じゃあ、私はこれで」と立ち上がった。さりげなく、私の空いたカップも持っている。

「付き合ってくれてありがとう。資料も」

彼女は開きかけた口を閉じて、はにかみながら会釈をした。そんな表情を見たのは、実に数年ぶりのことだった。

そこから二週間は、追い込みすぎて記憶にない……というわけでもなく、ほどほどに休みつつ、適度に力を入れこんで企画書を作り上げることができた。完璧に仕上げられたわけではない。正直に言えば、やはり時間は足りず、粗さも目立つものだ。

けれど、今の自分のすべてを注ぎ込んだと自負できるものになった。

ここまですっきりとした気分で提出できたのは、芳澤さんのフォローや一之瀬くんのごはんのおかげだ。

一之瀬くんの契約ごはん会はあれ以来していないけれど、契約終了の話をしたことも忘れたかのように、変わらずにせっせと差し入れをしてくれる。

もしかして私の聞き間違いだったのかな……などという、現実逃避をしながら私が向かったのは、金継ぎの教室だ。

気軽にできるものとして合成うるしを使う方法もあるようだけれど、修繕後は食器として使うのは難しくなるという。問い合わせた教室では本物の漆で七日間かけて作業を行うが、一回ごとの作業時間は短い。席が空いていれば会社帰りなどでも通えるということを決め手に、私は一之瀬くんの豆皿を直し始めた。

思い出の品を踏みにじるようなことにならないか、とビビりながらも毎回作業を行った。初めて金粉を蒔《ま》いてからは、少し自信を持って渡せる気がしてきた。

最終工程の金粉を磨き終えて、先生から丁寧な作業だったと褒められた豆皿を持ち上げ、四方八方から眺める。ズレも、漆がはみ出た箇所もなさそうだ。

元々のデザインに、一本の金の線が走った。真白な地に映えるものではあるが、気に入るかどうかは、元の持ち主次第だ。

教室からの帰りに、豆皿の入るサイズの貼り箱を買う。蓋《ふた》は黒い麻の葉の千代紙で、身は黒い紙が貼られている。家で箱の中にクッションペーパーを敷き、そこにそっと豆皿を入れる。箱自体がきれいなので、さらなる包装はしない。

渡す準備を済ませると、スマホを手に取った。

何度もメッセージを打ち込み、直しては、すべて消す、を繰り返す。

家の中を落ち着きなく彷徨《さまよ》いながら、一時間が過ぎ、カップスープで夕飯を済ませ、また一時間、ベッドに転がりながら考える。

迷いに迷って、ただ素直な気持ちを送ることにした。

『ごはんを作ってくれませんか。この間の話も、きちんと聞かせてください』


久しぶりの金曜日二十三時。インターホンを押す前に一度手を止めた。

彼とごはんを食べるようになって、私は前に進むことができた。ランチミーティングだってできたし、コーヒー程度なら自分で誘うことができた。小さな自信を重ね、今では自分から食事に誘う気概も持てるようになった。

だから、私はもう大丈夫だ。

最初はリハビリになればいいぐらいの軽い気持ちで始めたけれど、美味《おい》しいごはんはもちろん、華を添えてくれる豆皿も、このささやかな時間も愛《いと》おしいものになった。

最後だからこそ、楽しい時間を過ごしたい。

一度深呼吸をして、インターホンを押す。すぐにドアが開き、

「定食屋いちのせへようこそ！」

満面の笑みが出迎えた。

「なにそれ」

釣られて笑うと、一之瀬くんは私を招き入れてくれた。

「だって、リクエストが『定食屋みたいなごはん』だったから、今日のテーマは『ザ・定食』にしましたよ」

私がしたリクエストは「お肉と野菜とごはんをバランスよく」だったはずだ。

あまり定食屋さんに入ったことはないけれど、確かに主菜が真ん中にでで－ん、副菜が二、三品と大盛りご飯というイメージがある。量ばかりに目がいってしまうけれど、あまり考えなくてもバランスよく食べられる食事ということなんだろう。

座ってお茶の準備を済ませていると、甘酸っぱい香りがゆらりと香った。目の前に置かれたのは、ツヤツヤと美しく輝く肉団子だ。にんじんやピーマンと一緒に、たっぷりの餡《あん》がかかっている。

「おぉ～」

思わず歓声が漏れる。まるで黒い宝石だ。香りもケチャップやお酢などの嗅《か》ぎなれた香りだけではなく、その奥にまろみを感じる。

「なんでこんなに黒いの？　甘酢あんかけ、だよね？」

あまり私が出会うことのないメニューではあるが、もっと明るい色をしていた記憶がある。

「黒酢のお裾《すそ》分《わ》けをもらったので、使ってみたんです。味見してみたら、コクのある酢って感じでした」

「黒酢って聞くだけで健康的な感じがするのは、ＣＭのせいなのかな」

「身体によさそうなのは間違いないですね。さあ、温かいうちに食べましょう」

今日のメインは肉団子の黒酢あんかけ。先日の陶芸体験で作った小鉢に、小さめの肉団子がきれいな三角錐《さんかくすい》に盛られている。商品と比べるとやはり不恰好《ぶかっこう》ではあるが、なかなかかわいらしく出来上がっていた。

副菜の胡麻和《ごまあ》えは、家のような形の豆皿に載っている。緑の塊が載っているので全体像は見えないが、白い磁器に屋根は小花の絵付けがされているようだ。ツナ入りのにんじんしりしりは、黄色の鳥に載せられていて、鮮やかなオレンジ色を口に入れると、想定していたのと違う味が広がった。

「ラペとは味付けが違うんだね」

「お酢だとあんかけと味がかぶるので、和風にしてみたんです」

「優しい味だね、これ好きだなぁ。にんじんの臭みもないし、食べやすい」

次に摘《つ》まんだほうれん草も優しい甘みだったけれど、また違う味わいで飽きはこない。減っていくと、家の形だと思っていた皿は封筒だとわかった。

あつあつの肉団子を頬張ると、舌がじゅっと焼ける感覚がした。はふはふと空気を取り込みながら咀嚼《そしゃく》する。甘みのあるお酢に、口の中でさらに涎《よだれ》が引き出されていく。

ふわふわの肉の合間に、ゴロゴロとした歯ごたえを感じる。玉ねぎではない。もう少し固いものだ。なんだろう。肉団子に入っているものといえば……。

「レンコン？」

一之瀬くんに尋ねると、彼はしたり顔で首を振る。確かにレンコンほど硬くはない。脂の甘さのほかに野菜自体も甘いようだ。

絶対に食べたことがある。それなのにわからない。

ついに降参すると、彼は冷蔵庫からガラスのボウルを取り出した。小さな緑の房がこんもりと山になっている。

「枝豆？　肉団子に？」

なかなか見かけない組み合わせだけれど、旬の野菜は絶妙に合っている。

「少し固めに茹《ゆ》でて、刻んで入れたんです。歯ごたえがあった方が好きだし、食べ応《ごた》えも出るので」

「これは確かに美味しい。すごい。正解」

お腹がいっぱいになると、満足感から眠気が引き出されてきた。

今日はよく眠れそうだ。

「そういえば、一之瀬くんのアドバイスのおかげで、企画書は無事に完成して提出できたよ。ありがとう」

「いえ、僕は特に何も。でも、よかったですね、頑張っていたので」

小さくあくびをかみ殺すと、一之瀬くんは気遣って、食後のお茶の用意を始めてくれる。その様子を見ながら、今日の本題を思い出す。

てきぱきと水切りの布巾《ふきん》の上に皿を片付けて戻ってきた彼に、もう一度座ってもらう。一之瀬くんは心配そうに眉《まゆ》をくもらせながらも、従ってくれた。

「こちら、お納めください」

シックな貼り箱をちゃぶ台の上に置く。彼は首を傾げながらも、箱を自分に引き寄せ蓋を開け、そして目を瞠《みは》った。

「企画書を作っているときに、金継ぎのことを知ったの。自分でもできるって知って、このお皿を直したいって思ったんだ」

「これ……小鳥遊さんが直したんですか？」

「教わりながらやったけど、素人だし。気に入らなかったらごめんね」

彼は眉根を寄せて難しい顔で、豆皿を見下ろしている。やはり、直して返そうだなんておこがましかったのだろうか。

再度謝ろうと口を開いたとき、彼はパッと顔を上げた。

「すごい！　こんなにきれいになるものなんですね！」

箱からお皿を取り出し、右手で金色の線をなぞっている。その顔は上気している。

彼はいいなあ、いいなあと呟《つぶや》き続けながら、掲げてみたり、横からのぞき込んだりと、少し姿を変えて返ってきた思い出の品に惚《ほ》れ惚《ぼ》れとした目を向けている。

「ありがとうございます！　宝物になりました！」

聞かなくてもわかる。直してよかった。

安心した瞬間に、目が熱くなった。

私の家族関係は、希薄だった。家族で何かをしたという思い出はない。それが嫌だとか恥ずかしいと思ったこともない。それぞれのことを自分のペースですればよかったので、自由で、気楽だった。

けれど、一之瀬くんの家族の話を聞いているうちに、純粋に「いいなあ」と感じるようになっていた。彼の家庭環境が、お人好《ひとよ》しな今の彼を作り出してくれたのだ。

でも、だからこそ、危ういと思った。

人を信じ切っているからこそ、相手に欺かれたり、裏切られるような経験がないのではないか。そんなときに、「ただ隣に住んでる、微妙な距離の知り合い」がいれば、たわいのない話だけでも聞いてあげることができるのではないか。

私はきっと、彼の真っすぐさを見守りたくて、契約ごはん会を続けていたのだ。

それなのに、救ってもらってきたのは私のほうだった。

私だけだった。

「お礼を言うのは、私の方だよ。今まで本当にありがとう」

寂しさを滲《にじ》ませずに言えただろうか。

一之瀬くんは夢を見ているような瞳《ひとみ》で、豆皿を見つめている。

「これで、思い出がまた一つこのお皿に宿りましたね。もうこれは使わずに神棚に祀《まつ》っておくべきでは」

「いやいや、本漆で継いであるから、食器として使えるよ！」

「え、そこまで本格的に⁉ なおさら祀りたい、いやでも、使わないのも……」

ぶつぶつと彼は悩みを口から垂れ流し続け、覚悟を決めたように立ち上がった。

(もしかして、本当に飾るのかな……)

少し不安になりながら行動を見守り、キッチンへ足を向けたことにほっとする。

ごはんは食べ終えたのに、彼は包丁とまな板を取り出した。

「もうお腹いっぱいだよ？」

「一口ぐらいなら、いけそうですか？」

「まあ、それぐらいなら」

戻ってきた彼の手には、金継ぎの豆皿の上に、黒い何かが載っていた。

「羊羹《ようかん》だ」

きれいな長方形に切られた羊羹が、レンガのように積まれている。

「これは、このまま食べるってことでいいですか？　二人で使いたいです」

彼は爪楊枝《つまようじ》を差し出してくれる。長方形といっても、一口で食べてしまえる大きさだ。何も支障はないだろう。

「いいよ。それにしても、きれいに切ったね」

「羊羹は実家にいたときにもよく食べてましたし、今は非常食としてローリングストックしてるんですよ」

「確かに。羊羹は日持ちもするしね」

改めていただきますと手を合わせ、羊羹を食べ始める。

言葉はなく、ただ皿の表面が再び現れるように、発掘作業をしているように感じる。

最後の一つを食べた一之瀬くんは、まっすぐに私を見つめた。

とうとう引導を渡されるのだろうか。

きゅっと膝《ひざ》の上の拳《こぶし》に力が入った。

「ここまでしてくれたっていうことは、小鳥遊さんも、このごはん会をやめたくないっていうことですよね？」

「…………え？」

いや、待って。ごはん会をやめたいのは、きみのほうじゃなかったの？

「てっきり、一之瀬くんがやめたいんだと思ってたんだけど」

「えっ⁉」

今度は彼が驚愕《きょうがく》に満ちる番だった。

「そ、そ、そんなこと誰が言ったんですかっ‼」

「だって、契約を終わりにしたいって」

「違います。あー、僕の言い方が悪かったんですね。そっか、それで手を滑らせて」

なんだか一人で納得しているが、動揺を悟られていたのは、少し恥ずかしい。

「誤解です。僕は契約のもとでごはんを作るんじゃなくて、ただ小鳥遊さんにごはんを作ってあげたいし、できたら一緒に食べたいんです」

「それだと、一之瀬くんの負担が大きくない？　食費はどうするの？　この間の街歩きみたいに、折半の財布でも作る？　あ、私が多めに入れるから心配しないで」

「ちょっと脱線してます。お金のことは、いったん脇に置いておいて。僕は契約なんかなくても、ただ一緒にごはんを楽しみたいんです。……意味、わかってます？」

それは今までと何が違うんだろう？

眉根を寄せながら首を傾げると、「わかってないようですから、はっきりと言いますね」と、彼は落胆するようにため息をついた。

「僕は小鳥遊さんのことが好きなんです。だから、契約関係じゃなくてもごはんを作って食べさせて、とろけるような顔にしたい。さらに言えば、新しい関係としてこの時間を続けていきたいんです」
一瞬で、言葉が耳を駆け抜けていった。なんとか引き留めて、脳に留《とど》まってもらう。
それでも、理解しきれず、ぽかんとバカみたいに口を開けてしまった。
言葉を一つ一つ噛《か》みしめながら、ちゃぶ台の上に視線が落ちた。
今思えば、いつも一之瀬くんは、ごはんと一緒に豆皿で思いを伝えようとしていた。
鳥のくちばしの先にある、手紙の形の皿。
そして、一緒に作った器。
「え…………？」
その日、どうやって自室まで戻ったのか。
記憶が曖昧《あいまい》になるほどの、衝撃だった。

閑話　出会う前の彼の話

知らないことを知るのは楽しい。日本は狭い島国だとしても、調べることはたくさんある。調査だけをしているわけにはいかない。持ち込まれる仕事もあるし、研究の助成金をもらうための論文も書かなければいけない。

それに、今年で前期博士課程が終わる。後期の進学試験を受けつつ、めぼしい学芸員試験やシンクタンクの就職試験を受けていく必要がある。自分がのめりこめることを仕事にするためには、立ち止まっている暇はないのだ。

なのに、

「君はさぁ、何をしたいのかなあ。こんな学生でも書いてそうな論文のために、大学院にいるんじゃないんでしょ」

順調に研究が進んでいると思っていた二年目。教授からの言葉で、スタートどころか、マイナス地点にいるということを知らされてしまった。

呆然《ぼうぜん》としたまま研究室へ戻ると、同期と後輩が侃々諤々《かんかんがくがく》と議論を交わしていた。意見の相違についてかと思いきや、「だーかーら、今日は蓬萊軒《ほうらい》ですってば」という声が聞こえる。昼に何を食うかの討論だった。

くだらない論争を繰り広げている二人を見て、ようやく現実感が戻ってくる。二人を尻目《しりめ》にフリースペースで弁当を広げた。

自炊は好きだ。忙しい祖父母や両親の代わりに、高校の頃から実家の料理の担当は俺だったし、ちょうどいい息抜きになった。料理は向いていたらしく、好き嫌いの多い弟たちにいかに工夫して食べさせるか、両親や祖父母の食べやすいメニューの研究など、追究することは楽しかった。

習慣は、寮に入ってからも、一人暮らしとなってからも、変わらなかった。畑をやっている実家からは野菜や米の仕送りがくるから、食費の節約にもなる。

騒がしい研究室の中で、ぼんやりとしながら弁当の蓋《ふた》を開けると、横からひょいっと玉子焼きを摘《つ》まれた。

「あ、貴重なたんぱく質！」

とんびのように卵をさらっていった窃盗犯は、口をもぐもぐとしながら平然と被害者に愚痴をまき散らす。

「先輩もなんか言ってくださいよ」

「俺を巻き込むな。なんでユズはいっつも俺のおかずを盗《と》っていくんだ⁉」

「だって、美味《おい》しいんですもん」

後輩はもぐもぐと口を動かしながら、平然と言ってのける。

「あーあ、先輩が私と藤城《ふじしろ》さんの分のお弁当を作ってくれたら、万事解決するのに」

「本当に図々《ずうずう》しいな。おい、藤城。おまえの彼女、どうなってんだよ」

「開の弁当、俺も大賛成！　肉は増量でよろ！」

口がよく回る二人は、割れ鍋《なべ》に綴《と》じ蓋《ぶた》だ。調査に出ると、俺には聞き出すことのできない話を集めてくる。自信を失っているときには、嫉妬《しっと》してしまいそうになるけれど、真剣な相談もできるいいコンビだ。

「……そばでもラーメンでもうどんでも食ってこいよ」

「あっ、その手がありました。藤城さん、うどんで手を打ちませんか？」

「いいな。さっすが、開！　じゃあ、ちょっくら行ってくるわ」

バカップルは去った。弁当は基本的に、昨日の残りを詰めている。最近は調査続きで、バイトの数が減っていたため、懐がだいぶ厳しい。次のバイト代が出るまであと十日ほど。野菜は仕送り分が十分にある。栄養バランスには気を付けたいところだが、肉も魚も安くはない。節約に節約を重ねて、なんとかしているというのに。

「ユズめ、貴重な卵を盗っていきやがって」

食事の間も研究のことを考えるが、今まで縒《よ》り合わせていたものが、バラバラに散ってしまったような感覚だ。

大学院に進むことを「入院する」というのは、揶揄《やゆ》も込められている。特に文系では、「退院後」の社会復帰が難しいと言われるからだ。

それでも、皆真剣に自分の道を目指しているからこそ、大学院という未来の当てもない道へ覚悟を持って進んでいる。

俺もその覚悟を持っていたはずなのに。

調査で話を聞くことは、楽しい。知らないことを知るのも楽しい。でもそれは単純な楽しみで、趣味なんかと同じようなものだ。

もっと、人に誇れるもの——が、ない。

自分が何をしたかったのか、何のために研究をしているのかがわからない。

今さら気付いた事実に、未来へのシャッターを閉じられたような気がした。

これは、これからの人生を揺るがすような問題だ。自分は本当に研究をして生きていけるのか。研究で生きていく意義を、自分に見出《みいだ》せるのだろうか。

気分を変えてカフェテリアへ場所を移した。思いつくままにノートに「なぜ研究がしたいのか」と書き、分類ごとにまとめてみようと考えたのだ。

ただ、実際に書こうとしてみたが、断言できるのは「調査が楽しい」「調査の仕事を続けたい」「話を聞くのは割と得意」「フットワークが軽い」「胃腸が強い」くらいなものだった。どれもこれも、研究に関係ない。

なぜ研究がしたいのか。好きだから……だろうか。行き詰まっている、完全に。

そもそも、自分が好きなものって、なんだっけ。

それがわからないだけで、急に目の前が靄《もや》で隠されたように、不安になった。

不甲斐《ふがい》ない自分にすっかり落胆しながら帰宅し、部屋のスイッチに手を伸ばす。押す前に、わずかな違和感を覚えた。何かが部屋の中にいる気配がする。

そういえば、家を出る前に窓を閉めたっけ？　まさか、泥棒……いや、盗るものなんか何もない。特に今は金欠で、家にある資産はわずかな貯金の入った通帳と、パソコンぐらいなものだ。自分にとって大切な資料や本は、一般的には価値を感じるものではないだろうから。

念のため武器として、玄関にあった傘を手に取る。パチッと、小気味のいい音とともに部屋の中が明るくなった。

同時に、光る眼がこちらを向いた。小さな口を動かして、

「ニャー」

と鳴く。

ひくりと、俺の喉《のど》が動いた。

「ぅわぁぁあああああっ!!」

窓から入ってきた闖入者《ちんにゅう》はこいつか!?

やつはこの部屋の主《あるじ》然として、俺に向かってニャーと短く問いかけてくる。

たかが猫。抱えられるほどの小さな猫。だけど、ヤツが苦手な俺にとっては、泥棒よりも脅威だ。

もう嫌だ。教授に研究意義を疑われ、好きなものも見当たらなくて、最後は家を猫に乗っ取られて……散々だ。もう嫌だ、こんな自分――。

慌てて家を這《は》い出たところで、カタンと、小さな音を耳が拾った。そちらに顔を向けると、茫然《ぼうぜん》としている女の人が立っていた。

見たことはない人だ。だけど、ドアに鍵《かぎ》を差し込んでいたことで、隣人だとわかる。ごめんなさい、驚きますよね。初めて会うのにこんな叫び声で。お姉さんもどうすべきか迷ったような顔をしている。でも、

「たすけて」

思わず身近な手に縋《すが》ってしまった。

ここで隣人のお姉さんが部屋に逃げ込んだとしても仕方ないことだ。だけど、彼女はそんなことはしなかった。諦《あきら》め顔を浮かべながらも俺を助けてくれた。

そして隣人のお姉さんは猫を逃がすと、何を思ったのか俺を高そうな小料理屋へと

連れて行った。彼女は俺にもメニューを渡しながら、好き勝手に頼めという。メニューをちらと見るが、気軽に頼める金額ではない。奢《おご》りだと言われても、初見の恩人にそんな無遠慮なこともできない。

注文が届き始めると、彼女はパッと自分の分だと言って一口ほどの分量を皿に取り分け、ほとんど残っている皿を渡してくる。

（これ、食べていいのか？）

彼女の様子を窺《うかが》っていると、俺に目もくれず、箸《はし》を口に運び、口角を緩めた。

一瞬にして変じた幸せそうな顔に、思わず見惚《みと》れた。

さらに彼女は、俺自身も気が付いていない好みの味を言い当て、自分にも好きなものがあったのだと思い出させてくれた。

大学で民俗学に出会って、まだ見えていないものを知っていく楽しさに惹《ひ》かれた。始まりはただそれだけだった。身に付いた多少の知識に、いつの間にか振り回されていた。表面的なものに知ったかぶりして、難しい言葉で説き伏せようとしていた。それを教授は指摘したのだ。

小料理屋に行く道すがら怖いと思っていたお姉さんは、美味しいものを頬張った途端に、誰よりもかわいい人になった。

まるで魔法のようにパタパタと、不安が希望へとひっくり返っていく。

隣人・小鳥遊静さんは、どこか放っておけない人だった。しっかり働いている大人の女性なのに、話していると急に不安そうになることがあった。

初対面のときも楽しく話しながら食べていたはずなのに、彼女は急に何かを思い出したように、「酔っぱらった」と言い訳をして、お金を押し付けて帰ってしまった。

いくら金欠といえど、万以上のお釣りを受け取るわけにはいかない。

それに、助けてもらったこと食わせてもらったこと以上に、夢を見失わずに済むという可能性を見出してもらった。これは俺にできる最上級の恩返しをしなくては。そう考えて、お隣さんを食事に誘った。

メニューの候補を考えながら、ごはんの出し方も考える。小料理屋では、どんなに少ない料理でも一口分を取って、俺に渡していた。けれど家で人から振舞われる料理に、そのような行動をとれる人間なんていないだろう。

どうしたら彼女に遠慮せずに食べてもらえるだろうか。

（一口……あ、そうだ）

食器棚へ向かい、上の方に積んであったカゴを取り出す。天塩皿《てしおざら》から小皿、小さめの小鉢などを詰め込んでいた。これに一口ずつ盛ったら、彼女も分けることなど気にせずに、食べられるのでは。

「いや、ちょっと待てよ」

彼女は少食で、食べるものを選べないということにも不満を口にしたはずだ。それなら、自分で好きなものを選んでもらう形式にした方がいいのではないか。

そうだ、朝食ビュッフェのような感じにしよう。

閃《ひらめ》きに満足すると、ただ豆皿を出すだけということが物足りなくなった。食事をおろそかにしているからか、彼女の血色は悪かった。少しでも元気になってほしい。そんな思いを込めて、俺は豆皿の厳選を始めた。


料理に感動してくれたのか、小鳥遊さんは〈リハビリとして、ごはんを作って、一緒に食べる〉契約を持ちかけてくれた。わざわざそんな仕組みにしなくてもいくらでも作るのに……とは思ったが、

「まあいいか、役得だし」

かくして、俺は小鳥遊さんのごはんを作るという名誉ある契約を結ぶ運びとなり、彼女がごはんを食べるときに浮かべる笑顔を見るという特権を得た。俺ばっかり得してるな、このまま全部上手《うま》くいくんじゃないかと妄想もしたが、世の中そう上手くはいかない。

教授にしぶしぶ認めてもらいはしたが、研究へのアプローチの再構築はまだ必要だ。彼女からの信用は得られたようだが、なかなか進展がない。お揃いの器を作って、一

つのものを分けながら食べ歩くなんてことまでしたのに、まったく意識をされていないことが伝わってくる。

わかってるのか。この人はわかっていて、俺を翻弄《ほんろう》しているのか。

業を煮やして告白をすると、小鳥遊さんはぽかんと口を開けた。

あ、この表情もいいな。

彼女は真正面から受け止めきれないというように、ぎこちない動きで帰っていった。

まるで壊れかけのロボットのようだ。心配で玄関に入るところまで見送るが、いつも通りにドアが閉まったとたんに鍵がかかり、安心する。

まだ今は、学生の身だ。就活はするが、今年中に受かろうなんて現実味はない。もう二年は研究室に所属する可能性の方が高い。だが、弛《たる》んでいる時間はない。

しがない学生の言葉を、小鳥遊さんは一蹴《いっしゅう》せずにしっかりと受け止めてくれた。そんな彼女と肩を並べて、支えられるようにならなければ。彼女がいつも自然とそうしてくれているように。むしろ、それまでにあと二年しかないと焦りが生まれる。

「よしっ、頑張るぞっ！」

腕を回して気合いを入れ、まずは食器を片付けるところから手を付けた。

第四話　明日も、あさっても

「あ、おはようございます」

「お、おはよう」

「今日も暑くなるみたいですから、気を付けてくださいね」

「は、はい」

じゃあ、と一之瀬くんはたわいのない雑談を交わすだけで、部屋へと戻っていく。

私は彼の後ろ姿を見送って、マンションに背を向けて歩き出す。

以前は気にしていなかったからか、契約ごはんを始め、私が通常の出勤時間で家を出るときには、ゴミ出しをする彼と挨拶《あいさつ》する機会も増えた。

よくある、いつもの朝の光景だ。私はふと立ち止まり、首をひねる。

……………私、告白されたんだよね？

え、違ったのかな。あれは契約関係からただのお隣さんに戻りたいっていうこと？

新しい関係って、そういうこと？

心の中で煩悶《はんもん》しつつも、冷静な顔で会社へたどり着き、メールチェックをする。緊急対応案件がないか確認をしていると、社内通知の中に重要なものを見つけた。

『社内コンペの結果について』

先日のプレゼンでは、アイデアを企画に落とし込めていないことについてさんざん指摘された。急ぎ仕事で作ったため、自分でも認めるところだ。自分の視点にはないフィードバックを受けられただけでも、コンペに参加した意義が十分あると思えた。

満足な気持ちでいられるのは、協力者のおかげだ。

またいつ忙しくなるかわからない。誘えるときがその時だと自分に言い聞かせる。

「よ、よしじゃわさん」

ちょっと噛《か》んだ。だけど、呼びかけられた彼女は、気付かなかったらしい。気を取り直すのは自分だけでよさそうだ。

「今日の夜って、空けられる？」

芳澤さんは手帳を確認して、真剣な顔で頷《うなず》く。

「大丈夫ですけど、緊急の案件ですか？」

「えっと、別に今日じゃなくてもいいんだけど……、この前のお礼にごはんでもどうかなと思って」

「え……!?」

芳澤さんが膝《ひざ》の上に広げていた手帳が落ちる。彼女にしてはわかりやすい動揺を見せたことに驚きながら、手帳を拾って渡す。

「あ、迷惑なら――」

「もちろん定時で終わらせます、店は決めてますか、決まってなかったら私が適当な店を見つけて予約しておきますが」

息継ぎが確認できないほどの早口に圧倒される。

「あ、うん、お任せしていいかな……」

「もちろんです」

「オネガイシマス」

彼女はそれまでに広げていた資料をバサーっと横へ除《よ》け、すさまじい速さでタイピングを始める。もしかして、店を探し始めたのだろうか……。

彼女の仕事を邪魔するのは本意ではないが、あれだけの熱意を止めていいものか。

悩みながらもそっと自分のデスクへと戻った。

予告通り、定時になってまもなく仕事を切り上げた。すると、計っていたように芳澤さんがカツカツと靴音を響かせてやってきた。

「小鳥遊さん、お待たせしました」

まったくもって全然待っていないのだけれど、私は仕事道具を引き出しに放り込み、手早く帰り支度をした。

「こっちこそお待たせしました。お店選びまでお願いしちゃってごめんね」

「いえ、小鳥遊さんに最適と思われる店を見つけました。ご安心ください」

芳澤さんは私のコンシェルジェだったろうか。否《いや》、普段から彼女は頼れる存在だ。

彼女がそう言うからには……と、店には全く心配は生まれない。

ドキドキと緊張で手に汗がにじんでしまうのは、初めて自分から同僚を食事に誘ったからだ。

はたして、芳澤さんが選んだのは、重厚で肉の焼ける香りがこれでもかというほど漂ってくる店だった。これは、大丈夫だろうか。そういえば、私は少食であることを彼女に伝えていただろうか。さーっと血の気が引き、慌てて芳澤さんの袖《そで》を引く。

「あのね、伝えてなかったかもしれないんだけど……」

芳澤さんは振り向くと、こくりと頷く。

「大丈夫だと思います」

そして店のドアを開け、店員さんに声をかけている。

自分が彼女に店選びを任せたのだから、彼女を信じるべきだ。よし、と覚悟を決め、私も店へと踏み入れた。

中は熱気にあふれ、陽気な音楽が流れている。多国籍な感じかなと思っていたら、シュラスコの店だと言われた。料理名の知識はある。けれど、確かあとからあとから肉が出てくるやつじゃなかったっけ……。私はそっと胃袋を押さえる。

飲み物を注文すると、サラダが運ばれてきて、システムを紹介される。肉が、もとい焼けた肉の串《くし》を持った店員さんが、テーブルを回ってくる。お肉がほしいときは、大きなコイン状のものを緑面が見えるように置く。赤い面にするとストップの合図だ。

「私がおかわりをしても、小鳥遊さんが無理にもらう必要はないので、ペースは合わせようとしないでください。好きなタイミングで、好きなように食べてください」

そして、早速自分の分のサラダを皿に取っていた。

「今日は誘っていただいたので、無礼講でいいですか？」

そう言いながら、彼女はサラダ用のトングをこちらへ向けた。セルフで……としながら、私の食べる量については気にするなと言っているようだ。

「ありがとう」

万感の思いを込めて、感謝を告げる。すると彼女は目を瞠《みは》ってから、少し逸《そ》らした。

「今日は驚きましたけど、嬉《うれ》しかったし……悔しかったです」

「悔しい？」

首を傾げると、芳澤さんは少しむっとしたように顔をしかめた。

「私がずっと誘っていても、来なかったくせに……」

えっ、と呟《つぶや》くと、芳澤さんは堰《せき》を切ったように話し始める。

「私が新卒のときは、小鳥遊さんも飲み会に参加していたじゃないですか。それなのに、その後ランチに誘っても、夜に誘っても全然来なくなって。これは嫌われたのかな、何かしたのかなって……。蓋《ふた》を開けてみたら、食べる量の心配なんて……。どうでもいいですよ、そんなの。一緒に食べるって、ただ食べるだけじゃないんですよ」

それは、一之瀬くんとごはんを食べるようになって、ようやく気が付いたことだ。

「そうだね。ごはんを一緒に食べる時間って、特別なものだったね」

ごめんねと素直に頭を下げると、彼女は「そういうところですよ！」とぷんすか怒り出した。でも、安堵《あんど》したように口元が緩んでいる。

信頼を傷つけたのは、私だ。回復するには、態度や言動で見せていく他ないだろう。

「わかっているとは思うんだけど、改めてきちんと言うね。私は極度の少食で、会食を避けていたの。周りの目とか、残すことを気にしていて……たくさん食べられなくても、こんなに楽しい時間を過ごせるのにね。今日は来てくれてありがとう。お店を選んでくれてありがとう」

芳澤さんは、大きなため息を吐いた。

「小鳥遊さんは、周りを頼らなすぎです。もっと周りを信用してください」

「信用してるよ！……と思ってたんだけど、足りなかったよね。でも今回も、芳澤さんがフォローしてくれたから、絶対間に合うって自信が持てたし、自分の実力以上の企画も練れたんだと思うの。それに——」

「もう、その辺で、大丈夫、わかりましたから……」

芳澤さんは顔を赤くして、手持無沙汰《てもちぶさた》におかわりのコインをいじっている。そのせいか、肉を刺した大きな串を持った店員さんが「肉、食べる？」と声をかけてきた。

彼女は慌ててコインを緑にして「ください！」とお皿を差し出していた。

店員さんが鮮やかな手つきでスライスした肉を残して去ると、芳澤さんは、

「だったら、もっともっと頼ってもらって大丈夫です！」

と言い捨てて、がむしゃらに肉にかぶりついた。

いつもは見ない彼女の様子に目を配っていると、どうやら少し酔っているようだ。

「もっと頼られても、嬉しいだけです。もっと小鳥遊さんの仕事を、傍で見て学びたいんですから」

少々据わった目で睨《にら》みつけられる。

（よかった。嫌われてないどころか、好かれてたみたい）

新人くんの教育など、まだ懸念はある。けれど、こんなに後輩が期待してくれているのなら、先輩としては頑張らねばなるまい。

あんなに嫌だった誰かとの食事が、明日《あした》への活力になっている。

「楽しいごはんで元気になるって、本当だね、ふふ」

「ほんとうですよー、先輩と行きたい店、たぁっくさんあるんですから」

久しぶりに先輩と呼ばれて嬉しい気持ちになるが、思っていたよりも芳澤さんは酔っぱらっているようだ。そっと水を差しだすと、本人もいつもより少しペースが速かったことを自覚していたのか、ぐびぐびと飲み干した。

「芳澤さん、大丈夫？」

「……私は、今回のコンペ、先輩の企画が実現するのを、見たかったです。小鳥遊さんのだからっていうわけじゃなくて、本当に面白そうで」

私も、この企画が実現したら……と妄想をするだけでわくわくしていた。

コンペに提出したのは、最初に想定していた冷凍食品フェスからはかけ離れた、『次が楽しみになるもの』をテーマにしたチャリティーイベントだった。廃校などを借りて、フリマを開いたり、金継ぎのような昔のものを直して新たに楽しめるような技術を親と子で学べるようなワークショップをメインにし、その収益は経費を除いて、今度は子どもたちが主催となってイベントを運営していく資金にする、ということを考えていた。乗り気になってくれる自治体や地域企業と協力していけたら、地域振興につなげることにもならないか、とも思ったのだ。

「まあ、もう少し手を入れて、また提案できるように頑張ってみるよ」

「楽しそうだけれど、小鳥遊さんには珍しい企画だなと思いました。継承とか、具象的じゃないものをメインテーマに据えるっていうところが」

「そうだねぇ。確かに今までの私なら、思いつかなかったかな」

私の言葉に、芳澤さんは再び目を据わらせる。

「何で変わったんですか？　何が小鳥遊さんを変えたんですか!?」

「えっと、お人好《ひとよ》しなお隣さんと知り合って……」

言いかけて、どこまで人に話していいものなのかと思い悩む。一之瀬くんは成人しているとはいえ、私の堕落した食生活とか、契約を結んでごはんを作らせるとか、なんか諸々《もろもろ》人としてダメダメなことを赤裸々にしてしまうのでは。

ただ、せっかくこうして芳澤さんとごはんを食べに来られるようになったのは、間違いなく一之瀬くんのおかげだ。私は、そこで好きになれたありのままの自分を、芳澤さんに知ってほしかった。

「――お節介を受けるうちに、生活を疎《おろそ》かにすることは、人間関係だとか大切なものも無下にしているんだと気付けたの。勝手で申し訳ないんだけど、これからはみんなと食事に行くことも少しずつ増やしていけたらなと、思っては、いるんだけど……」

チラッと芳澤さんの様子を窺《うかが》うと、彼女はすぐに察したようだ。

「もちろん私もフォローしますから、行きましょう！　量を減らせるお店だって、シェアできるお店だって、たくさん知ってますから!!」

熱い返事に、心が弾む。普段はふんわりとしている芳澤さんだけど、仕事や何かにこうやって燃えている姿は、いつも私たちの推進力に火をつけてくれる。

「本当に、頼りになる後輩だよ」

顔を赤くして口をぱくぱくする芳澤さんに、パインジュースを勧めながら、どんなお店によく行くのかを尋ねた。彼女の多岐にわたるプレゼンは、十分に食べたはずの私の胃を刺激してくれて、ついお肉をお代わりしてしまった。

初めて、食事に関して同僚と語り合う夜は、あっという間に過ぎていった。

今夜のことを、一之瀬くんに報告したい。自分から食事に誘えたこと。しかもそれが楽しかったこと。きっと彼なら、一緒に喜んでくれるはずだ。

折しも明日は土曜日だ。彼に早速連絡を取るが、数時間後にきた返事は素っ気ないものだった。

『すぐにごはん会をできそうにありません。ごめんなさい』

またフィールドワークにでも行くのだろうか。今度はどこに行くのかな……と考えながら鍵《かぎ》を開けていると、ガチャンとグラスのようなものが割れた音がした。

「いま部屋には、いる……？」

そっとお隣のドアに近づいてみると、かすかに部屋の中の気配が感じられる。

『大丈夫？　論文の締め切りか何かある？』

今度はすぐに返信が来る。

『ひどい風邪をひいてしまって。完全に治るまでごめんなさい』

今までの私だったら、こう言われたら手を出そうとは思わなかっただろう。けれど、彼のお節介がうつってしまったのか、私はすぐに飲み物やゼリー、薬などの差し入れを買ってきて、彼の家のインターホンを押した。

『……ばい』

ひどい鼻声だ。

「飲み物とか薬とか、適当に買ってきたよ。それに、さっき何か割れてなかった？」

『だいじょうぶでず。ぞれより、うずじぢゃうど、わどぅいので』

どうやらドアを開けてくれる気はないようだ。

いつもはさっと通れる場所が、開かずの扉のようにたたずんでいる。

こうなって改めて気が付くのは、私と一之瀬くんの関係は相手の厚意があってこそ成立しているものだということ。

そして、いつだって私は与えられてばかりだ。

彼が苦しんでいるときには、手を差し伸べることすら許されないのか。私が思っているほど、彼は心を許してくれていなかったのだろうか。

「買ってきたものはドアに下げておくから、あとで回収して。……お大事に」

宥《なだ》めるような声になったのは、自分のためだ。気を抜くと、憤りが外へ溢《あふ》れてしまう。

憤りは、もちろん彼に対してではない。不甲斐《ふがい》ない自分に対してだ。

「何かしてあげたいのに」

自室に帰ると、バタンとドアが閉まる音がいつもより大きく響いた。

違う。待っているだけでは、何も変わらない。

「何かしないとダメだ」

交流を拒否していた私に、ぐいぐいと押し付けがましく誘ってきたのは一之瀬くんなのだから、私がそれをして何故いけないのか。

あれだけ体調が悪かったら、自分でごはんも作れないはず。一之瀬くんの指導により、ごはんをちゃんと三食食べるようになって、再び自炊する機会も増えていた。だから、ある程度調味料は揃っているし、簡単なものなら作れる。

急性期であれば、食欲がないことは多い。差し入れにしても、雑炊かうどんか。食べられそうなものがあるか、本人に聞けるのが一番いいけれど、今の彼に聞いたとしても、遠慮して断られるだけだ。

それなら、病後でも食べやすい、薄味のおかずをいくつか作っておこう。少し回復してきた時の足しになるだろう。

翌朝、スマホや図書館でレシピを探し、スーパーで食材を買ってくる。タラや大根、ほうれん草、じゃがいも、ササミ、卵などの消化にいいものを冷蔵庫に詰め込み、

「さて」と腕をまくった。

白身魚と野菜のくたくた煮、ササミの肉じゃが、切り干し大根の煮物、玉子焼き……。自分の分を含めても、一之瀬くんが作る量よりは少ないかもしれないけれど、彼がどれだけ食べられるのかが分からない。

とりあえず一之瀬くんが好きそうな味付けで作り、タッパーに詰める。遠慮されるのは嫌なので、何も言わずにドアノブにかけてから連絡を入れた。

彼の『お節介押し付け戦法』だ。

保冷剤を入れた保冷バッグに入れておいたので、動けるときに受け取ってと告げておいたのだけれど、彼からはすぐに連絡が返ってきた。

『小鳥遊さんが作ったんですか？　ありがたくいただきますけど、無理はしないでくださいね』

彼らしい、気遣いの返信だ。けれど、そのメッセージが少々腹立たしい。

さんざん私のことを助けておいて、自分に差し伸べられた手を振り払おうとするな

んて、ちょっと傲慢《ごうまん》な考えなんじゃない？

（治ってごはん会をするまで、ごはんを差し入れ続けてやる！）

意地になった私は、毎日のようにお惣菜《そうざい》を作って、一之瀬くんの部屋のドアに下げ続けた。仕事が遅くなった日は少々辛《つら》いものがあったけれど、やめることはなかった。

意固地になっているだけなのかもしれない。けれど、他人に対してはあれほど心を尽くすのに、自分のことは大事にしていないようで、嫌だったのだ。

最初の三日ほどは、「大丈夫なので」「無理しないでください」といった言葉が届いた。四日目には何もなく、五日目には「ありがとうございます」に変わった。

そして一週間後、ようやく「明日《あした》一緒にごはんを食べませんか」というお誘いの声がかかったのだった。

しかし、長く寝付いていた人に料理を作らせる気はない。

『おかずは私が作って持っていくから、炊飯とお皿の用意だけお願いします』

すぐに既読が付き、ピコンと返信の音がする。

『おかげさまで元気になったので、大丈夫ですよ』

少しむっとして言い返す。

『いいから。私だって料理が作れるって、差し入れでわかったでしょう？　腕前は敵《かな》わないけど』

『そんなことはないです！　けど、今までご迷惑をおかけした――』

そこまでで読むのをやめた。

『おかずは私が用意していくので、ごはんだけ炊いておいてください。よろしくね』

それだけ返信をして、SNSを閉じる。きっと何を言っても彼が遠慮をやめることはない。それなら無駄な問答は、疲弊させるだけだ。

彼がやってきたように、私も遠慮せずに押し付けてしまうことにする。

さて、何を作ろうか。

ある程度の料理は作れるとはいえ、素材を使いまわせるだけの器用さはまだない。いつも使い切れるように食材を買っているため、冷蔵庫の中には、差し入れと同じつくりおきのおかずしかない。

作るものを決める。買い物に行く。そのため、最近のルーティンワークには、様々なレシピサイトを眺めることが加わっている。美味《おい》しそうだなあと思って保存しておいたレシピの中から、栄養や彩りを考えてメニューを組み立てる。

言うだけなら簡単だけど、レシピを探すより、料理を作るよりも、メニューを決めることが一番難しい。

これまでの一之瀬くんの食卓という参考があるけれど、まったく同じというわけにはいかない。ビタミン何だとか、細かいものはわからないので、ざっくりと『炭水化物』『タンパク質』『野菜』のくくりにさせてもらっている。そこにきのこや海藻が入れば、なおよい。

約束の日、若干早くなっている鼓動に、胸に手を置き、深呼吸をする。インターホンを押すと、一呼吸おいて扉が開いた。いつものように尻尾《しっぽ》を振った犬のような出迎えではない。どちらかというと、飼い主の機嫌を窺《うかが》って尻尾を垂らしているようだ。

「元気そうでよかった」

私はにっこりと笑って見せ、いつもよりもズカズカと上がり込む。家主は私の後をうろちょろと付いてくるが、キッチンに豆皿が積み重なっているのを見て、ちゃぶ台の前に座らせた。

基本の形は決まっている。豆皿をお盆に配置していくのだ。一之瀬くんは主菜に大きなお皿を使うこともあるが、ちょこちょことしたおかずは豆皿に盛っている。いつも一之瀬くんは、ちょちょいっとお店で出てくるような盛り付けにしてくれる。けれど、これが案外難しいものだった。

お皿に盛るのが先か、お皿を配置するのが先か。初心者の私はそこから迷う。

一之瀬くんが集めている豆皿は、基本的に同じものはほとんどなく、柄も色も形もすべて異なる。それがまた、並べることを難しくしている。

彼はどう並べていたっけ。必死に記憶をたどるが、規則性のようなものは思い浮かばない。

とりあえず、真ん中にメインを載せる鮮やかなお皿を置いてみるか。

周りには、変わった形の豆皿を使ってみよう。病み上がりの一之瀬くんには、どれを使うのがいいだろう。悩みに悩んで、だるまや瓢簞《ひょうたん》、彼になじみ深い野菜の形や柄のものを選んでみた。

けれど、……なんだか、思っていたのとは違う。

これでは最初に一之瀬くんが用意してくれたキラキラ御膳《ごぜん》のようだ。何が違うのか。いくつか替えながら並べてみるが、どうも空間や色合いがおかしい。

あまり待たせると不安にさせるので、妥協できる配置で、家から運んできた料理を盛り付けていく。けれど、これもまた難事だった。

美味しそうに見せるには、技術がいるのだと知った。インスタとかを見ていると、みんなさらっときれいな御膳を投稿しているのに。

一人で食べるときには、適当なお皿に載せて食べてしまう。作って食べて片付けて寝る、というだけで精一杯なことがほとんどだからだ。

けれど人に出す料理は、やはり見た目から味わってもらいたいという気になる。

どうにかすべてを盛りつけた時には、精神的に疲労困憊《こんぱい》だった。

ちゃぶ台に目をやると、一之瀬くんは手持無沙汰《てもちぶさた》な様子でこちらを見ていた。

いつもは私が座り、彼が料理を運んできてくれる。反対の景色は、なんだかくすぐったい。

（それにしても、盛り付けがこれほど難しいことだったとは……）

自信満々に「任せろ！」と言い張ってしまったが、こんな出来で彼に受け入れてもらえるのか。不安になりながら、ちゃぶ台に料理を運んだ。

「どうぞ、召し上がれ」

少し声が小さくなってしまった。一之瀬くんの様子を窺うと、キラキラと目が輝いているのがわかり、ほっと息を漏らした。

彼はきれいな箸《はし》使いで、ササミとごぼうのマリネを口に運んだ。

んーっと、蕩《とろ》けそうな声を出す。

「差し入れにいただいていたおかずも美味しかったですけど、ほんのりとした甘みとマヨネーズがまろやかで食べやすいですね」

「それ、この間後輩に教えてもらったお店で添えられてて、美味しいなあと思って作ってみたんだ。お口にあってよかった」

ほっとすると同時に、ゆるゆると満たされるような感覚が広がっていく。

今日のメニューは、先ほどのマリネのほかに、玉子豆腐、マグロとアボカドのポキ、野菜とひき肉のビビンパ風炒《いた》めを副菜として、メインにアジの南蛮漬けを用意した。一之瀬くんには物足りないかと危惧《きぐ》したが、その分、量を多めに作ることにした。

(お腹いっぱいになってくれればいいな)

もちろん体調に無理のない程度にとは思うが、そんな心配もいらないほど、彼の箸はするすると皿を空けていく。

マリネのおかわりを差し出すと、彼は皿を手にしたまま、柔らかく微笑んだ。

「そんなに気に入った?」

「美味しいのはもちろんなんですけど……これ、初めて一緒にごはんを食べたときに使った皿ですよね。覚えてますか?」

瓢箪は縁起物だ。柄は派手ではないけれど、吉祥で揃えられた中に確かにあった。

「そうだったね」

あの時の一之瀬くんは、私の顔色が悪いことを気にかけてくれたそうだ。そして、今回は私が彼の病後を心配している。似たような考え方に、思わず笑ってしまった。けれど、彼は少し落ち込んだ様子だ。

「小鳥遊さんは、あの頃からずいぶん変わりましたよね。それに比べて……」

言葉を呑《の》み込むように、ビビンパ風炒めを載せたごはんを掻《か》き込んだ。やけくそのような食べ方は、いつもの彼らしくない。

これまでだったら決して口にしなかったであろうことを問いかける。

「何か悩みでもあるの？」

一之瀬くんも驚いたように目を丸くして、私を見つめた。苦笑しながら視線を下ろし、お茶で口の中を潤した。そして珍しく、そのまま口を開く。

「研究が、うまくいってなくて。教授になんとか後期博士の方向性は認めてもらったんですけど、渋々といった感じで。でも足りないものが何かがわからないんです」

彼にとっての研究は、イコール未来だ。仕事と比べることはできないけれど、社会に出る直前というのは、無性に不安を覚えたものだった。特に彼の場合は、求人からして少ないと言っていた。絶望感を味わってしまうのも仕方ないだろう。

何かアドバイスでもできたらとは思うが、彼の研究分野はさっぱりだ。それに変な慰めの言葉は、却《かえ》って傷つけることだってある。

「学芸員の求人もエントリーしたんですけど、だんだん教養試験にも自信がなくなってきて、そんなときに風邪まで引いて、もうダメかなって気持ちになってきて」

「いつも明るい一之瀬くんが、珍しいね」

ポロリと出た言葉に、彼は顔を上げた。見たことないほどに情けなく眉尻《まゆじり》を落としている。しょんぼりとしたまま、ポリポリとお漬物を齧《かじ》っている。

思っていたよりも、追い詰められているみたいだ。

今日はいつも助けてもらっている一之瀬くんへの恩返しをしたい。今の私にできることはあるのだろうか。

少し悩んで、箸を置いた。

「私が変わったんだとしたら、それは一之瀬くんのせいだよ！」

彼は咀嚼《そしゃく》していたものをごくりと飲み込み、咳《せ》き込んで、慌ててお茶を飲んだ。

「だ、大丈夫？　喉《のど》詰まった⁉」

「……大丈夫です、なんとか」

彼は心を落ち着かせるようにもう一度お茶に口を付けながら、先を促した。これから言うことは、彼を傷つける可能性もある。けれど、本音を話しておきたいと思ったのだ。

「最初は、面倒なことになったなと思ってたんだよね。どんどん干渉してきて、放っておいてほしいなって思うときもあったし、お人好《ひとよ》し過ぎて不安にもなった」

一之瀬くんは思い出すように視線を彷徨《さまよ》わせて、ふっと苦笑した。思い当たることがあるというような表情だ。

「自分のリハビリができると思ったのは確かだけど、契約を結んでごはんを食べさせていれば、隣で餓死してるなんてこともないかなと思って……でも、一緒にごはんを食べているうちに、一之瀬くんの心遣いとか尊敬するようになって、お節介をやかれるのも心地よくなって、誰かとのごはんに対するコンプレックスも薄れていったの。変わることに対しても、怖くはなかった。自分は自分のままでいいと思えるようになったのは、一之瀬くんのお人好しのおかげなんだよ」

こんな言葉で、彼の悩みが吹っ切れるとは思えない。

けれど、一之瀬くんは誰かの人生をほんの少し良いほうに変えられる人なんだということを、彼自身にわかってほしかった。

「世の中には頑張っても成し遂げられないこともある」

先日のコンペの結果は、自分でも納得のいくものだった。

けれど、残念さや不甲斐《ふがい》なさを全く感じないなんて嘘だ。悔しいのは矜持《きょうじ》があるからだと気付いて、自分はまだ仕事が好きだったのだと理解した。

「でも、まだ何も結果も出てないのに、諦《あきら》めちゃうのはただ逃げてるだけだと思う。もし一度失敗したとしても、次にどう繋《つな》げるのか、何をしていくのかを決めていくのは今までの自分だよ」

一之瀬くんは、真剣な目をして話を聞いていた。途中で何か唇を動かそうとしていたが、覚悟を決めたようにきゅっと締め直したのがわかった。

「そういう大切なことに気が付かせてくれたのも、一之瀬くん、きみなの。だから、今度は私が力になりたいと思ってる」

「それって、この間の答えって考えていいんですか？」

この間の、答え？

あ、『新しい関係』っていうやつか。

途端にカーっと顔に熱が集まってくる。

そこまでは考えていなかった。けれど、人と深く関わってこなかった私が、彼を支えたいと思うことは、関係を進めたいと願っているということのはずだ。

「そ、そういうことになる、のかな、多分」

「多分ですか？」

少々不服そうな一之瀬くんだが、さきほどよりも表情に明るさが戻っている。そのことにほっとしながら、半分ほど残っているお盆の上に目を落とした。

ふと思うことがあって、彼のお盆から一つのお皿を取った。

瓢簞《ひょうたん》の豆皿には、ササミとごぼうのマリネが載っている。

「さっき一之瀬くんが言ったように、最初にごはんを作ってくれたときに使ったお皿だけど、載せている料理によって、違う雰囲気になるんだね。一之瀬くんがこれに載せてくれたのは、厚焼き玉子だった。飴色《あめいろ》に鮮やかな黄色が生えて、玉子がたんぽぽみたいだなと思ったの。でも、マヨネーズの白いマリネを載せたら、器の方が映えて、ツヤツヤしてきれいに見える」

お皿を二人の真ん中に置き、今度は自分の皿を取り上げる。私が作ったポピーの形をした青い釉薬《ゆうやく》の小鉢に玉子豆腐を載せている。

「玉子豆腐もビュッフェの中にあったよね。あの時は白い小鉢に入れてくれたけど、今日は陶芸体験で作った器に入れてみた。私には白い器だと朝食っぽく見えて、青いと夜ごはんみたいに思えた。料理は同じなのに、器が違うだけでこんなに印象が違うんだなってびっくりしたんだよね」

その器も二人の間に置くと、一之瀬くんはじっと二つのお皿を見つめていた。まるで研究のことについて語っているときのように、何かをそこから見出《みいだ》そうと熱い視線を向けている。

「そんな風にごはんを楽しむことができるっていうのを教えてくれたのも、一之瀬くんだよ」

人当たりのいいところ、近くにいると自分で課題を見つけることを自然と促してくれるところ、勉強を労苦と感じずに進んでいけるところ……研究者に向いていないと決して思い込まないでほしい。

「なんで、断っても断っても、差し入れをしてくれたんですか？」

彼は切実な目をしていた。恥ずかしいなどとごまかすことはできない。

「一之瀬くんの真似をしただけだよ。ごはんを食べると元気になれるから。少し意地になっていたところもあるけど、私でも何か一之瀬くんのためにしてあげられないかって考えて、料理を持っていくことしか思い浮かばなかったの」

「……メインを南蛮漬けにしたのは？」

思わぬ質問に、メニューを選抜したときのことを思い返す。

「味と栄養のバランスを考えてっていうのもあるし……、一之瀬くんの大切な味なんでしょう？」

私が言うと、彼はポカンと口を開けた。

「も、もしかして、そんなに好きではなかった？」

「いえ、好き……です。けど、どうして……」

「いつも一品は甘辛な味付けの料理があるし、最初に小料理屋さんで食べたときに、嬉《うれ》しそうだったし、手巻き寿司《ずし》の時も、残りを南蛮漬けにしていたから」

一之瀬くんは、そうでしたかと小さく呟《つぶや》き、再び何かを観察するような目で料理を見つめ始めた。

「家庭の味なのかなって思ってた。豆皿もそうだけど、一之瀬くんは昔からあるものを大事にしているでしょう？　この間私が作った企画もそこからインスピレーションをもらって、継承をテーマに大人と子どもが一緒に楽しむっていうものを考えたんだ。民俗学も昔の生活を学ぶんでしょう？　そういうのが好きなんだろうなって、今回も作ってみたんだけど……ただ単に味の好みだった？」

視線を上げた彼は、呆《ほう》けたような顔をしながら、目をぱちぱちと瞬《しばた》かせた。

「……なんで、いつもそんなに簡単に答えをくれるんですか」

「答え？　大層なことは言ってないけど、何かヒントになった？」

「継承、つないでいくこと、そうか、そうだった。連続してるんだ……」

ぶつぶつと言いながら、一之瀬くんは近くにあったノートを引っ張り出して、何やら猛烈な勢いで書き込んでいる。しばらくその様子を見守っていると、彼はハッとした様子でこちらを向いた。

はにかみながら、頭を下げる。

「すみません。ずっと悩んでたことの糸口が見えて、興奮してしまって」

「ううん。お役に立てたようでよかったよ。一気にやりたいなら、帰るけど」

「いえ！　思いついたことはメモしたので、今は英気を養います！」

一之瀬くんの表情が、完全に晴れやかなものになったことで、私の心も爽《さわ》やかな風が通り過ぎたような気分になる。

これは、告白への答えも何も、すでに私も自分の気持ちは決まっていたのだろう。

「私がしてあげられることは少ないと思うけど、何か力になれそうなことがあるなら言ってね。話を聞くでも、なんでも」

「なんでも……？」

真剣な目で見つめた彼は、ごくりと喉を鳴らした。ま、まさかまさか、だよね、そんないきなり急には……、

「じゃあ、」

「はっ、はい！」

飛び上がらんばかりの私に、彼は小首をかしげながら神妙に言った。

「しばらくの間、僕と一緒にごはんを食べてくれませんか？」

それって、いつも通りなんじゃないか？

考えていたような提案ではなくほっとするが、今度は私が首を傾げる。

「えっと、時間は合わせるので、今よりもっと頻繁にできれば……だいぶご負担をかけるかと思いますが、料理はもちろん僕が作っておくので」

今では親しい人であれば、誰かとごはんを食べることへの抵抗感は薄れている。ましてや、一之瀬くんに対しては全くない。むしろ私得なお誘いだ。

「でも、それだと一之瀬くんの負担にならない？　残業するときだって多いし、毎日多めにごはんを作るのは……あ、もちろん食費は出すけど」

「正直、食費を折半してもらえるとだいぶありがたいですけど。作ることに対しては、もともと好きなことで、気晴らしにもなるので大丈夫です。料理の手間よりも、小鳥

遊さんと話していることで得られる視点の方が余程大事なんです」

　多少の食費で、帰ってきたらほかほかごはんが待っているという好待遇に見合うほどの何かを、私は彼に差し出すことができるのだろうか。

「民俗学は専門外だし、特にアドバイスとかできることはないけど」

「小鳥遊さんと話をしているだけで、自分ひとりでは気が付けないことが見えるということが多いんです。研究にもつながることだし、何より小鳥遊さんとの時間は僕の重大な癒《いや》しです。どうか僕を助けると思って」

　時折交じってくる口説き文句はなんなのだ。天然か。

あ、う……と言葉を詰まらせ、赤くなった顔を俯《うつむ》かせながら肯《うなず》いた。

「私ばかりお得な気がしますが、こちらこそ、よろしくお願いします」

　顔を上げて、一之瀬くんの表情を窺《うかが》う。彼はいつものおのんびりとした笑みを浮かべているが、ほのかなはにかみが交ざっているように見える。幸せだという気持ちがこちらまで伝わってきて、なんだか気恥ずかしい。

　一之瀬くんは「そうだ」と呟き、机の引き出しから封筒と見覚えのある財布を取り出してきた。封筒の中を覗《のぞ》いてみると、幾ばくかのお札が入っている。

　顔を上げて、どういうことかと目で問うと、彼は一歩も引かない姿勢を見せた。

「契約をやめたいと言った日から、もらった食費には手を出していなかったんです」

「え、なんで。私の食事の分まで、一之瀬くんが負担してたってことでしょ？　余計に受け取れないよ」

　封筒を突き出すが、彼は首を振るだけで、手を出そうとはしない。けれど、これから一層ともに食事をすることが増えるなら、尚更《なおさら》負担になるようなことはできない。

　私の考えていることがわかったのだろう。彼はふっと厳しい表情を崩した。

「小鳥遊さんが考えている通り、二人分の食費を僕がずっと出し続けるっていうのは、正直厳しいです。なので、先日の食べ歩きの時みたいに、一週間に一度共有のお財布に決まった額を入れて、そこから食費を出していくっていうスタイルにしませんか？」

「私は社会人だし、作ってもらう立場だし、少し多めに出させてもらえるよね」

　強気で主張すると、彼は苦笑しながら肯いた。

「じゃあ、まずは……」

　と、封筒に入っていたお金をすべて、共有のお財布に突っ込む。

「えぇぇ～……」

　今の話はなんだったのかというような不満の声を、どう封殺しようか考える。

「一之瀬くんの料理は大・大・大好きなんだけど、たまにはテイクアウトを買ってきたり、外食に行こう。他にも……デートとか、しないの？」

　自分で口にしておきながら、こっぱずかしい。でもそれぐらい言わないと、彼も納得はしてくれないだろう。

彼は照れながら困るという器用な表情を浮かべていた。そして自分のお財布から数千円を出し、共有のお財布に入れた。

「早く追いつきますから」

学生だから、とアドバンテージを持たされることが不服なのだろう。けれど、現状を甘んじて受け入れ、努力を決意するというのは一之瀬くんらしい。

頼もしくて、少し眩《まぶ》しい。

「……いつか高級レストランとか、連れて行ってもらえるのかなぁ？」

「任せてください！　小鳥遊さんが楽しめるお店を探しますから！……数年は、お待たせしてしまうかもしれませんけど」

彼の中では、新たな目標として据えられたらしい。微笑ましく見守りながら、頭の片隅で願っていた。

学生と社会人のお付き合いは、続いていく希望に満ちたものばかりではない。立場の違いだとか、考え方の違いだとか、就活だとか……それぞれのカップルが荒波にぶつかって破れていくのを、間近で見ることもあった。

一之瀬くんと私の関係は、お隣さんという少し特殊な関係だ。それがどう後々に響いてくるのかはわからない。

（願わくば、彼が夢を叶えるところまでは、隣で見られますように）

心の中で強く思いながら、再び箸《はし》を取った。


新たな関係性というものは、まだどうなるのかわからない。けれど、お隣さんとの新しい生活が翌日から始まった。

『今日は、二十一時くらいに帰れそうです』

ポンっと『了解』を表すスタンプがすぐに画面に浮かび、

『何か食べたいものはありますか？』

と続く。ううむ、と考えて、自分の体調と相談をする。

最近は「食べたいものが食べられないなら、食事はどうでもいい」という癖は矯正されつつあり、「食べたいものがなくても、何かしらの『ごはん』を食べる」と、食生活が大幅に改善している。

体力がつき、メイクのノリもいい。生活をぞんざいにしていたことが目に見えてわかったことで、見直さなくては大変なことになると、恐ろしさに震えた。

『暑くて疲れている身体におすすめの料理をお願いします。食欲はアリです』

一呼吸おいて、すぐに返事が来た。

『じゃあ、豚肉をメインに、そうめんサラダはどうでしょう？』

こんなに素早くメニューが出てくるなんて、頼もしい。

楽しみにしていることを示すスタンプを返し、本日の就業を開始した。早く帰る目的があると、仕事の優先順位の付け方やリスク管理へのアンテナが高くなる。さくさくとやるべきことを進めていくと、あっという間にランチの時間が近付いてくる。

『小鳥遊さん、頼まれていたものでご相談なんですけど』

チャットのメッセージがポコンと浮かぶ。芳澤さんだ。質問に答えを返し、期日の確認などをし終えてチャットを終え……ると思っていたが、芳澤さんは『あの……』と言ったまま、メッセージが止まってしまった。

しばらく待ってみるが、なかなか返事は来ない。打ち間違えかなと首を傾げていると、「あの……」と後ろから芳澤さんの声がかかった。

驚きつつ振り向くと、彼女は真剣な顔をしていた。

「なんか、困ったことでもあった？」

チャットは履歴が残る。何か言えないような相談事でもあるのだろうか。ドキドキしながら問うと、彼女は首を横に振った。

「業務に関係ないことは憚《はばか》られて……今日の夜、空いてませんか？」

一之瀬くんにリクエストまでしてしまったし、もう私の夕飯はそうめんサラダ気分だ。でも、後輩がこんなに難しい顔をしているとはまさか緊急事態……。

私が迷っていると、芳澤さんは覚悟を決めた顔で、口を開いた。

「空いてたら、夜ご飯を食べにいきませんか？」

自分の顔が輝いたのがわかる。だって、後輩からの、お誘い！　しかもちょっと恥ずかしそうにしているのが、なんだかかわいい。

たいそう嬉《うれ》しいけれどそういう用件であれば一之瀬くんの方が優先度は高い。

「すっごく嬉しいお誘いなんだけど、しばらく夜は約束が入ってて」

返事にしょんぼりと肩を落とした芳澤さんは、次いで恨めし気な顔で言った。

「それって、あの男ですか？」

一之瀬くんとのことは、深読みされないように話している。だけど、あの男って。

とにかく今はお誘いが嬉しかったことを一番に伝えるべきだろう。

「夜は無理なんだけどさ、せっかくだから、お昼ごはんを食べにいかない？　おすすめのお店があるって、前に言ってたところを教えてくれると嬉しいな」

見たこともない一之瀬くんを睨《にら》みつけていた芳澤さんが、パッと表情を輝かせる。

「今キリが付いたところだし、芳澤さんの時間が合うなら」

「私もすぐに終わらせてきます！」

と、飛ぶように席へ戻っていった。あの様子なら、数分で外出の用意をしてくるだろう。私もすぐに出られるように、準備を始めた。

「それでね、中華料理屋さんで高級そうなんだけど、ランチは安くて。盛り付けが上品で、おかずが何品か選べるところだったんだ。一番量の少ないセットでも私には多いかなあと思ってたら、後輩が気を利かせてくれて、『美味《おい》しそうだから少しずつもらってもいいですか？』って聞いてくれて……全部完食できたんだ！　チャーシューが美味しかったなあ」

食後の雑談で、今日のランチのことを話すと、一之瀬くんは不貞腐《ふてくさ》れたような顔になった。なんだか昼間の芳澤さんのようだ。

これは嫉妬《しっと》というやつなのか。でも、同僚たちとランチミーティングができたことや、芳澤さんを外食に誘えた話をしたときには、一緒に喜んでくれた。

何がご不満なのか、考えてもわからない。邪推をして人を遠ざけていた私は、率直に聞いてみることにした。

「私、何か腹立たしいこと言った？」

「いいえ、そういうんじゃなくて。チャーシューは僕だって得意料理なんです。それより先に美味しいものを食べられちゃったのかと思って」

そして、気が済んだように、はにかんだ笑みを浮かべた。

「料理に嫉妬するなんて、おかしいですね。ごめんなさい、気にしないでください」

なんだこれ。なんで最近、私の周りにはかわいい子がゴロゴロしているんだ。床に転がって心を宥《なだ》めたいという思いを必死に押し込める。

「……ちなみに、私は角煮も好きだよ。前に九州の中華街でパンに挟んだやつを食べて、美味しかったんだよね」

そんなことを言った数日後に、有田焼《ありた》の丸い豆皿にピラミッドのように重ねられた角煮が出てきた。小さく正方形にカットされていて、まるで高級料亭の一皿だ。他の料理も、お吸い物の他、お刺身、フリッター、炊き合わせなどが、懐石料理のようにきれいな盛り付けで並んでいる。

「これ、どうしたの？ なんかお祝い事でもあった？」

「その……むきになって作ってたらだんだん調子に乗りまして……すみません」

「いや、謝ることはないけど。でも、なんで私の分だけ？」

いつもは二人とも同じように盛ったごはんを食べていた。

しかし今日、立派な御膳《ごぜん》になっているのは私の分だけで、彼のお盆には大盛りの角煮丼、他の料理もモリっと大きめのお皿に載せられている。

この立派な料理と、関係があるのだろうか。

「もしかして、私にきれいなところを食べさせるために？」

問うと、彼は頬を赤らめた。

「小鳥遊さんに見栄えから美味しいものを食べさせたいって思ったのも本心ですけど、実は今までちょっと物足りない時には小鳥遊さんが帰ったあとに、つい二度食いするときも……」

「なにそれ!?」

「小鳥遊さんの少食を責めるとか、そういうつもりは全くないんです、ですけど」

「早く言ってよ!!　私のこと気にして遠慮なんかしないで。それは却《かえ》って私に失礼だよ。そんな遠慮してる人と、新しい関係なんて築いていけないよ！」

彼は目をぱちくりとしてから、ぷっと噴き出す。こっちは怒っているのだという視線を送ると、彼は素直に頭を下げた。

「すみません。そうですよね。遠慮するところじゃないってわかったので白状しました」

じっといたずらっぽく覗《のぞ》いてくる瞳《ひとみ》に、うっと息を詰める。

「あ、温かいうちに食べたい！　いただきます」

一之瀬くんはくすくすと笑いながら、手を合わせた。

彼が一番食べてほしいだろう角煮から箸を付ける。

（ん――――っ!!）

声にならない声を上げ、じたばたと動かしたくなる身体にぎゅーっと力を入れる。

口に入れた途端、ほろりと崩れる肉の塊。しかし、繊維が気になることもなく、噛《か》むごとに溶けるように口の中からなくなっていく。

味付けは一之瀬くんにしては濃い。上に載せてある白髪ねぎと合わせてもしっかりとした味付けだと感じていると、彼はにやりと脇にあった小鉢を差し出した。

「よかったら、こちらもお好きな量で一緒にどうぞ」

彼が差し出したのは、ツルリと殻をむかれた卵だ。

「も、もしかして、トローっとするやつ⁉」

こくりと肯《うなず》きを返した一之瀬くんから小鉢を受け取る。箸《はし》で割ると、中から黄金が流れ出てくる。白身の内側にも濃い黄身が残っていて、真ん中にぽっかりとしたクレーターができている。うんうん、いいぞ、この感じ。

「四分の一をもらってもいい？」

「もちろん」

半分をさらに割ったもので溢《あふ》れ出た黄身を少し掬《すく》い、角煮の横に添える。茶色と黄色、間違いのない美味しい色だ。

一緒に口に入れると、角煮の味がまろやかになり、舌にちょうどよい。ここまで計算し尽くされていたのだと感じながら、最後のひと欠けを前に手を止めた。

これは、アレをやってみたい。私には永遠に無理だと思っていたものだ。

小鉢に盛ってもらっている白米の上に、ちょんと載せる。料亭のような上品なお膳で行うのは、申し訳ない気がする。けれど、今日は店ではなく、一之瀬亭だ。

白く輝く山の上に、ちょこんと角煮を載せる。まるで雪の山小屋のようだ。丼なんて、夢のまた夢だった。それが、私にちょうどいいサイズで目の前に誕生している。

「へへっ、お揃いにしてみた」

嬉しくて小鉢の中を見せると、一之瀬くんはわなわなとしながら顔を両手で隠した。

「だから、もうっ……」

「え!?　やっぱり行儀悪かった？」

「ちが、うんですけど、大丈夫です。もう小鳥遊さんはそれでいってください」

彼は諦《あきら》めたように首を横に振り、慈愛に満ちた笑みを浮かべた。自分が何をしたのかわからないまま、納得させられた気分だ。とても気持ちが悪い。

一之瀬くんは柔らかな印象と反対に、意外と頑固だ。引かないと決めたところは、鉄壁で固める。けれど、それで不満ができてしまっては、この先長く続かない。

「ねぇ、何をしたのか教えてよ。悪い癖を外でも出したらまずいでしょ」

私も引かないという姿勢を見せると、彼は困ったように眉尻《まゆじり》を下げる。

「……聞かない方が、小鳥遊さんはいいと思いますけど」

「そんなことないよ。教えてください」

一之瀬くんはふーっと長い息を吐いて、こちらをちらっと見た。

「そうやって、ちょこちょこかわいいことすると、こっちの心臓が持ちません」

「……!!」

(た、正しかったぁ……)

一之瀬くんの気遣いの通りだ。聞かなければよかった。

今度は私が両手で顔を覆う。耳まで熱くなっているのがわかる。

どれが彼の心臓をノックしたのかわからない。けれど、今後は気を付けよう。何に気を付ければいいのか想像もつかないけど、気を付けよう。

「か、会社のカフェで、美味しいピザが食べられるんだよね。近くのピッツェリアのものだって教えてもらったの。週末にでも、それをテイクアウトするのはどう?」

いくら一之瀬くんが料理好きで、気晴らしになるとはいっても、今日のように手の込んだ料理をしていては、勉強の障りになるだろう。彼が研究に没頭できる時間を確保するのも私ができるサポートではないか、と思うのだ。

そう考えてふと、気になっていたことを口にする。

「最近、フィールドワークに行ってないね」

何気なく言った言葉で、一気に彼は肩を落とした。一瞬で死んだ魚のような目になっている。これは、聞いてはいけなかったことだったようだ。

「まあ、今手伝う調査がないのもありますけど、あまりにも自分の研究がアレなもんで……」

「私は、邪魔になってない？」

「絶対にそんなことはないです！……論文もそこそこ進んではいるんですけど、結論があと一歩足りないっていう感じで」

さっきまで満ちていた生気は完全になりを潜め、塩もみしたキャベツのようにしおだ。……いや、塩もみは美味《おい》しいけれど。

新しい関係になった……私は、どうしたら励ますことができるだろうか。

（あ、そういえば）

ポンと手を打つ。仕事中に知ったイベントのことを思い出した。

「骨董《こっとう》市に行ってみない？」

問いかけるような表情ではあるけれど、一之瀬くんは興味を持ったようだ。

「フィールドワークは外に出ていくものでしょう？　考えてみたら、二人で出かけたのって、器を作りに行ったときぐらいだから、何か新しいものが見えてくるかもしれないじゃない？」

「デートですか？」

「そ、そう、デートデート。確か結構頻繁にやってて……あ、明日《あした》もやってるみたいだし。出かけてみようよ」

私の提案に、彼はこくりと肯いた。


骨董市は考えていた以上に盛況だった。

青空の下に、ずらりと並ぶ店の数々は、出店者によって見せ方が異なっている。明らかに玄人《くろうと》といった風情の店から気軽に自分の好きなものを集めてみましたというようなものまで、同じ市の中で一緒くたに開かれているのが目に見えて面白い。

「フリマアプリは使ったことがあるけど、こうやって実際に売り買いしてると、雰囲気が全然違うね」

アプリでは、みんなサクッと売買を済ませて、自分の目的を果たそうとする面が強い。けれど、対面でのやり取りでは、自分の目当てを鋭い眼光で見つめている人がいるかと思えば、店主と趣味に関する話をしにきているといった和やかな人もいる。誰もがみんな自分なりの楽しみ方に目を輝かせているのが印象的だ。

「骨董っていうと、壺《つぼ》とか大皿とかのイメージが強かったけど、いろんな店があるんだねぇ」

「あ、あっちには民具がありますよ！　へぇ、すごいな。本当に雑多ですね」

「先にそっちに行ってみる？」

「いいんですか？」

「あとでお皿も一緒に見てくれるなら」

もちろん！　という快諾を受けて、小物が並ぶ店の方へと足を進める。着物や古本、古い時計など、見ているだけでも面白い。ちょっとしたタイムスリップだ。

その中でも一之瀬くんが足を止めたのは、青いビニールシートの前だった。布ぞうりが大量に並んでいるが、半分ほどは何に使うのかわからないものが並んでいる。

「へぇー、ミノがずいぶんきれいに残ってますね」

「そうでしょう〜。現代で誰が使うもんでもないし、興味ある人がいればぱって思って持ってきたんですよ〜」

おっとりとした女性は、私よりも少し年上だろうか。日焼けをしていて、飾り気のない姿は、売り物のラインナップと似ていて、とても好感が持てる。

「これって、何？」

掌《てのひら》より大きな木製の魚がいる。置物かとも思ったが、なんだかフックがついているので、違うのだろう。

目を輝かせて古道具を見ている一之瀬くんに尋ねると、

「ジザイカギですかね」

と、簡単な答えが返ってくる。彼が店主の女性に目を向けると、彼女はにっこりとして頷《うなず》いた。

「知ってる？　囲炉裏の上に鍋《なべ》とかを吊《つ》るやつ」

「え、日本昔話とかに出てくるアレですか？」

「そうそう。尾びれの方と頭の穴に鎖とか棒を通してね、吊るすの。この頭がストッパーになって、動かすと高さを変えることができるのよね～」

「これって、どういう人が買っていくんですか？」

「ん～、囲炉裏を作るからって、実用的に使うために探してくれてる人もいたりするわよ。でも、インテリアに使いたいっていう人の方が多いかな」

「インテリア……確かに海外の方とか、好きそうですね」

「フランスとかね～、日本文化が好きだし、蚤《のみ》の市《いち》でこういう雰囲気に慣れてるからかな～。こういう一見わけわからないものでも、出しておくとポッと売れたりするの」

ふふっと笑う彼女は、なかなかにやり手なようだ。古道具だけではなく、横に並んでいる布ぞうりもお手頃価格で、よく売れているのではないだろうか。

結局、そのお店で何かを買うことはなかったが、店主は快く見送ってくれた。

「面白かったね。博物館にもああいうのが置いてあったりするよね」

「郷土資料館なんかに多いですね。自治体史の編纂《へんさん》作業とか文化財登録とか、民具整理なんかでは、ああいう民具がわんさかと出てきて、ひたすら実測して展開図を描いて写真にも収めてってていう人海戦術ターンがあって……」

苦労の偲《しの》ばれる口調だ。私は慰めるように、彼の腕をポンポンと叩《たた》いた。

「お疲れ様です」

考えてみれば、自分の行うフィールドワークと、学問として行う調査では、内容は全く違うのだろう。編纂だとか民具整理だとか、彼がやっている内容について具体的に聞いたことはなかった。

「一之瀬くんは、そんな歴史に関わることもやってたんだね。すごいねぇ」

「歴史っていうのは大げさですけど……でも、そうですね。地味な仕事ですけど、文化の歴史を残していくのは大切な仕事だと思っています」

作業内容がどんなにちまちまとしたものでも……と、遠い目をしている。どうやら相当苦労する作業のようだ。もう一度、ポンと腕を叩いておいた。

玄人向けではなさそうなお店をいくつか覗《のぞ》きながら、今足りないものや目に留まった器について言葉を重ねる。

「こういう細長いお皿って、持ってないよねぇ」

「そうですね。大きめのが一枚あると、また違った盛り付けもできていいですね。この上に豆皿を載せてもかわいいと思いますし」

手に取ったお皿は、ただの長方形ではなく、流水のように動きのあるところが少し珍しい。けれど、大きくうねっているわけではないので、二人で向かい合って使うのに邪魔になることはないだろう。

「あ、こっちの豆皿も素敵だな。これは買っちゃおう。かわいいがすぎる」

お揃いっぽい中皿も見つけて手に取ったところ、店主のおじいさんがニコニコとこちらを見ているのがわかった。

「若夫婦さんかい？　まとめて買ってくれるなら、お安くするよ」

「ははっ……」

家にある食器の詳細まで語っていれば、一緒に暮らしていると判断されてもおかしくない。お隣に住んで、ほぼ毎日夕飯を共にしていることを知れば、私たちの関係を不可思議に思う人も多いはずだ。

けれど、お隣さんと一緒に暮らすことについては、大きな大きな差がある。それをこの場で指摘する必要は、ないだろうけど。

「ねぇ、このお皿――」

けれど、お隣の彼は口をぱくぱくさせていた。

「まだっ、結婚なんて！」

まだ？　否《いや》、その前に付き合っているのかどうかも微妙な関係なんじゃない？

顔を真っ赤にして俯《うつむ》いてしまった一之瀬くんに、店主はのんびりと返した。

「いやあ、それは申し訳ない勘違いをしたね」

私はおじいさんにゆっくり首を振り、細長いお皿と、揃いに見える中小二枚を差し出した。

「いえ、この三枚でいくらになりますか？」

「お詫《わ》び代わりに負けとくよ」

言われた金額を支払うと、おじいさんは新聞紙に三枚の皿を包んでくれる。それを待っている間、私は今まで見過ごしていたものに気が付いた。「はい、どうぞ」と渡された包みを受け取りながら、私は店主の足下近くにあるものを指した。

「あれって、なんですか？」

「あぁ、あれは提重箱《さげじゅうばこ》だよ」

「さげ？　重箱って、お節料理とかを入れるものですか？」

「そう、それをね、外に持ち運べるようにしてあるもので、これは皿とセットになってるの。古いけど、塗だし、まだまだ使えるものだよ。小ぶりだから、数人で使いやすいし、収納もしやすい」

外に運べるようにっていうと、ピクニックみたいな？

首を傾げていると、店主はおかしそうに笑い声を立てた。

「それが使われていた時代、普段は一人一膳《ぜん》で食べる家が多かったんだよ。それが花見なんかのハレの日の行楽では、家の外に出て、一つのお重をみんなでつつく。それだけでワクワクしていたんではないかなあ」

「なるほど。遠足とか運動会の時に、いつもと違う場所だったり、友達と一緒に食べるのは楽しかったですもんね」

お礼を言って立ち上がり、一之瀬くんの腕を引いて立ち上がる。

「結構負けてもらっちゃった。いい買い物できたよ」

「店主さんの、さっきの、あの……」

「まだ気にしてるの？　それほど自然に見えたならよかったじゃない」

フォローのつもりで言うが、彼はキッと私を見据えた。

「小鳥遊さんはわかってますよね？　あの時の、言葉の意味」

「新しい関係、でしょ？　でも、まだどういう形が私たちにとって落ち着くものなのかわかってない、かな」

断言をすると、彼は長い息を吐いた。困ったようでもなく、呆《あき》れた様子でもない。ただ、彼自身も迷っていることを言い当てられたという表情だ。

「……一応、お付き合いするっていうことだとは、思ってるよ……」

隣からハッと息を吞《の》む音が聞こえ、一之瀬くんを見上げる。

（ふぁぁああ、これかぁぁぁぁ）

先日言われた言葉を思い出し、またもや失言をしたのだということに気が付く。

これではフォローしているのか、彼の感情を揺さぶってもてあそんでいるのかわからない。とにかく、話題を逸《そ》らしておこう。

「ハレの日って、おめでたいっていう意味だと思ってたんだけど、お花見が入るなら違うってことだよね」

「ハレとケっていう考え方があって、非日常のことをハレの日と言うんです。だから、お花見も、今日だってハレの日です。でもなんで急に？」

「さっきお花見で使ったりしてたっていう重箱を見せてもらって、昔のことを教えてもらったんだ。食べ方一つとっても時代の変化ってあるけど、楽しみ方の根本は変わってないのかもしれないね」

いつものごはんも美味《おい》しい。でも食べるシーンが違うと、いつもとは違った楽しみがある。どちらも尊いもので、どちらが欠けても人生は上手《うま》く立ちゆかない。

「あれ……？」

うんうんと頷《うなず》いていると、隣にいたはずの一之瀬くんがいなくなっていることに気付く。慌てて周りを見回すと、彼は道の真ん中で立ち止まっていた。組んだ腕を指でタップしている様子は、意識がどこか遠くへ飛んで行ってしまっているようだ。

「一之瀬くん？　どうしたの？」

「それです！　暮らしが変容して変わるものと変わらないもの。なぜ変わっていくのか、なぜ変わらないのかという視点。人間関係の変化も……あぁ、多分これで――」

「わかった。わかったから、ちょっと端っこに寄ろうか。ここだと邪魔になるからね」

以前彼の部屋で垣間《かいま》見た姿と同じだ。研究者モードになってしまうと、彼はどこであっても、自分の考えに没頭してしまうようだ。

幸いなことに、一之瀬くんは手を引っ張れば、足を動かしてくれる。人の流れのない場所を探していくと、ベンチを見つけたので、そこに座らせる。ベンチに座ると彼はすぐにカバンからメモ帳を取り出して、何かを書きつけていく。しばらく眺めていたが、思索のままに動く手は、しばらく止まりそうにない。

実のところ、ほっとしている。焦っていたのは、私も同じだった。

彼は「そんなことはない」と言っていたが、研究の邪魔をしているのではないか、インスピレーションを与えているなんていうのは優しい嘘なのではないかという不安は勝手にむくむくと芽吹いていた。

けれど、今の様子を見ると、悩みを打開する道をようやく見つけられたようだ。自分が何かをした気はしないが、何かしらのヒントにつながったのならよかった。

数日前に梅雨入りの報道があったけれど、今日は天気がいい。先週と比べて風は湿り気を帯びている。それでも、まだ外を気持ちよく味わえる程度だ。

見ていない店はまだまだあるけれど、彼を放ったらかしにするのも不安が大きい。荷物になるからと部屋に置いてきてしまったが、本でも持ってくればよかった。

（このままぼーっと過ごすのも悪くはないけれど……）

このまま帰ったら後悔するのではと、引っかかるものが頭をよぎる。

「一之瀬くん、さっきのお店に行ってくるから、ちょっとここで待っててね」

念のため、メッセージも入れてから、急いで店へ向かった。

もう売れていたらどうしよう。逸《はや》る気持ちを宥《なだ》めながら、さっき離れたばかりの店へ戻る。私に気付いた店主のおじいさんは、おやと眉《まゆ》を上げた。

「おかえり、忘れ物ですか？」

「よかった、まだあった。これが気になって心から離れないので、うちにお迎えしようと決めました」

「そんなに気に入ってもらえる人に出会えて、こいつも幸せだねぇ」

穏やかにほほ笑んだ店主はさっきとは違い、緩衝材、いわゆるプチプチに提重箱を包んでくれた。

「袋はあるかい？　何でもいいなら紙袋に入れようか」

「お願いします」

「レンジに入れたり、沸きたての湯みたいな熱いものは使わないでね。手洗いだったら、普通の食器と同じように洗ってしまえばいいけど、乾燥させちゃうと割れちゃうから、できたら使わなくても半年に一度は洗って拭《ふ》いてあげて」

「よかった、それぐらいならできそうです」

支払いを済ませてベンチへ戻ると、一之瀬くんは自分の書いたものを鳥瞰《ちょうかん》していた。難しい表情を見るに、まだ繋《つな》がりきれてないのかもしれない。

今日、他を見て回ることは既に諦《あきら》めた。求めていたものは手に入ったのだ。焦ることはない。また来ればいいのだから。

「一之瀬くん、帰るよ。ちゃんと前見て歩いてね」

メモ帳を閉じると、彼はこくりと肯《うなず》いた。けれど、まだ自分の考えに深く沈んでいるようだ。紙袋を持っているのと逆の手で引っ張ると、素直に立ち上がる。そのまま引っ張って歩き始めると、すんなりとついてくるのが面白い。まるで幼児が引っ張って遊ぶあひるのおもちゃのようだ。

電車を降りるよ、改札を出るよ、部屋の鍵《かぎ》を出して……指示を出すと、その通りの動きをしてくれるので、移動は難しくなかった。

家に着くと、一之瀬くんはデスクの前に自然と歩いていき、定位置のようにストンと座った。そのまま流れるようにノートやパソコンやらを取り出し、忙しく手を動かし始める。今度はアウトプット作業に移行したようだ。

このまま眺めていても、面白いだけだ。

「よし、私はごはんでも作るか」

一之瀬くんのキッチンは、先日の押しかけごはんで調味料も調理器具もしっかりと把握している。対称の間取りなので、だいたい同じ場所に収納があるというアドバンテージもあるから、ばっちりだ。

「まずは、きみをきれいにしようかね」

せっかくお迎えしたのだから、今日のごはんは重箱に詰めることにしよう。たとえ外に出なくたって、『ハレ』の食卓になるだろう。

提重箱は三重の箱に、小皿が五枚重なっていた。重箱といえば、黒くて重厚なイメージが強かったけれど、これは朱色に近い小豆《あずき》色で、提箱の上部に金の持ち手がついている。時代としては、それほど古くないのかもしれない。実用向けに作られたようで、装飾もそれほど華美ではないところが、却《かえ》って使いやすそうだ。重箱の内側は艶《つや》のある黒で塗られている。色を意識して詰めていけば、料理が映えそうだ。

店主のおじいさんは、数人にちょうどいいと言っていたけれど、少食の私と一之瀬くんでは、大きすぎる。残りはつくりおきに回すつもりで作るか、食べきれるように隙間は見過ごすか。

ううむと唸《うな》りながら、冷蔵庫を開ける。契約ごはん制度は撤廃されたが、新・共同財布制度のおかげで、中身は潤沢だ。つくりおきもいくつか使わせてもらうことにした。レシピを検索すれば、お重を埋めるだけの料理も作れるだろう。

　少し考えて、浮かんだアイデアににんまりと笑みを浮かべた。


　料理をお重に詰め終え、マルチケット捜しているところで、一之瀬くんが顔を上げた。くんと鼻を鳴らし、窓から差す夕日に目を向ける。

　自分の置かれている状況に不思議そうに首を傾げ、慌てて立ち上がった。

「え、あれっ！　小鳥遊さん⁉」

　彼は私の姿を見つけると、ほっとしたように息を吐く。自分が今まで何をしていたのかは想像がついても、どうやって帰ってきたか理解不能という顔をしている。

「あー、俺、はぁ……またやっちゃいましたか。本当にすみません」

　いつも一人称は「僕」だった一之瀬くんの口調が乱れている。それほど彼にとっても衝撃的なのだろう。

「いいタイミングで気付いてくれてよかったよ。ちょうどごはんができたところ」

「どうやって帰ってきました？　まさかタクシーとか」

「ううん、電車。これして〜、あれして〜、って伝えたらその通りに動くから、ロボットかおもちゃでも操作してるみたいで面白かったよ」

「本当にすみません。もう、なんて謝ったらいいのか」

やっと見つけたマルチケットを彼に渡す。

「今日は一之瀬くんの論文のヒント探しと息抜きだったでしょう？　何か手がかりになったなら、それでいいんだよ。それよりも、ご・は・ん！　食べよう！」

提重箱の記憶もなかったのか、彼は私の突き出した箱を見て、目を白黒とさせたけれど、すぐに意図を察してくれた。

ちゃぶ台を畳んで壁に立てかけ、床にマルチケットを広げる。おうちピクニックの始まりだ。

「これ、どうしたんですか？」

「さっきの骨董《こっとう》市で買ってきたんだよ。豆皿を買ったお店で」

夕飯には少し早めの時間ではあるけれど、私たちはお昼を抜いている。一之瀬くんは大層空腹なはずだ。ハイティーのようにゆっくりと楽しむのもいい気分転換だ。

マルチケットの上に座り、一之瀬くんに取り皿として豆皿の山を渡す。それから、提げ箱から重箱を取り出した。

蓋《ふた》を開けると、彼は「おぉ」と感嘆の声を漏らす。

一段目にはサンドイッチを入れた。ツナ・ハムレタス・卵などの定番をメインに、冷蔵庫にあった豚バラを甘辛に炒《いた》めて、こちらもレタスと一緒に挟んでいる。

二段目と三段目のお重は、おかずの箱だ。二段におかずを目一杯詰め込んでしまうと、二人でも食べきれない。そこで思いついたのが、豆皿を入れて空間を埋めることだった。もちろん、私が考え付いたものではなく、少し前に豆皿をネットで検索しているときに見かけたアイデアを拝借した。

箱の中にお皿を配置するのも難しい作業だった。画像で見かけたものは、やはりプロの技だったと痛感した。

二の重には、メインのおかずを多めに詰めた。揚げない油淋鶏《ユーリンチー》を木瓜《もっこう》の小皿に載せて真ん中に入れ、一之瀬くんのつくりおきチャーシューはただ切っただけで右上の隅に。色味のために白髪ねぎを上に添えた。右下の隅には甘い玉子焼き、左上隅は丸めたカニカマとはんぺんの中にチーズを入れて焼いたもの、左下は田作りが詰めてある。

三の重は、副菜とデザートだ。右上に有田焼の絵付け小鉢、左下には私が金継ぎで直した豆皿を入れた。小鉢には玉ねぎのポン酢漬けを入れ、右下の葉っぱのお皿には皮ごと食べられるブドウが載っている。キャベツの塩昆布和《あ》えや、無限なす、野菜の浅漬け、チヂミ、アスパラとじゃがいものバター醤油《しょうゆ》炒め、トマトファルシ、クリームチーズとスモークサーモンのパリパリ揚げ……、半分は冷蔵庫に入っていたつくりおきだ。

今日の豆皿お重にはおかずが、ぎゅうぎゅうに詰めてある。以前であれば、見ただけでげんなりしていたところだろう。今は一之瀬くんが気持ちよく食べてくれるということがわかっているから、安心して自分のペースで食べることができる。

「す、すごいっ！　これ、え、小鳥遊さんが⁉　売り物みたいです」

「一之瀬くんのつくりおきも使ってるし、重箱につられてちょっと頑張っちゃった」

くぅるるぐぅぅ……と、動物の鳴き声のような音が聞こえた。一之瀬くんは、へへっと照れるように笑い、元気よく手を合わせた。

「いただきます！」

二人の声が揃い、それぞれが気になるものから手を付けていく。

まずは田作りを口に含み、咀嚼《そしゃく》する。少しくっついてしまったものもあるが、べたつきすぎず、硬すぎず、初めてにしてはいい具合にできたのではと満足した。

「これって、なんかすごいですね。かっこいい」

一之瀬くんが手にしていたのは、トマトファルシだ。

「ファルシって、フランス語で『詰める』っていう意味なんだって。フランス料理だと思ってたんだけど、何かを詰めていれば全部ファルシで、ロールキャベツもピーマンの肉詰めもファルシなんだって。今回は、ちょっとおしゃれにフランス風です」

「へぇ、知らなかった。確かにトマトの肉詰めですね。でも、なんか、濃い」

「ふっふっふ。おからも入れたの。脂を吸ってくれると思ったんだよね」

私の分は、ミニトマトで作ろうかと思っていた。けれど、さすがに中をくりぬくのは私には難しく、つぶれてしまった。だから、ファルシは一つしかないのだ。

「ね、少しもらってもいい？」

彼はいたずらを思い付いたように目を輝かせ、お肉をすくったスプーンを「あーん」と言いながら差し出してきた。

私は眉間《みけん》に皺《しわ》をよせ、答えを探す。苦渋の決断のあと、欲に負けて口を開いた。

恥ずかしくて目は伏せているけれど、彼がどんな顔をしているのかわかる。好奇心に負けてチラッと見ると、なぜか幸せそうな顔をしていて、こっちが恥ずかしくなる。

惑わされないように、目を閉じて口の中に集中する。うん、味はちょうどいいな。トマトから出た酸味をまろやかにまとい、おからを少し混ぜたお肉はふわふわとした口当たりながらも、肉汁が凝縮されている。

お昼を抜いた一之瀬くんの食欲は相当のもので、あっという間にどんどんと重箱に隙間ができていく。私も負けじと、食べたいものに箸《はし》を伸ばす。

食べたいものだけを食べていたとき、美味《おい》しいな、やっぱり今日はこれだったと満たされる気分になることはあった。

だけど、楽しいな、幸せだなと感じたことはなかった。

「僕は、やっぱりこの皿が一番のお気に入りです」

一之瀬くんは、空になったお重から、金継ぎの豆皿を手に取った。欠けた跡を、愛《いと》おしそうに指でなぞる。返すときには、申し訳ないという気持ちでいっぱいだったけれど、今は返せてよかったと心底感じる。

「一之瀬くんとごはんを食べるようになって、同僚ともごはんを食べにいけるようになって……最初はすごく緊張してたけれど、素直に悩んでるって打ち明けたらみんな指摘しないでくれるし、却《かえ》って量を減らせるお店を選んでくれたり、食べられない分を快くもらってくれたりするんだ。一之瀬くんの言ってた通りだった。少しずつ行く機会が増えてるんだよ」

「それは、よかったですね」

目の前の彼は、目を細めて笑う。

私も取り皿にしていた豆皿の縁を、そっと撫《な》でた。七宝つなぎの吉祥紋のお皿。この小さな器たちから、すべてが新しく塗り替えられたと言っても過言ではない。

「本当に、ごはんの食べ方一つで、こんなに気持ちが変わると思わなかった」

自分の人生は、このまままなんとなく進み、なんとなく年老いて、なんとなく結婚だとかシングルで生きていくとかを決めて、なんとなく終えていくと思っていた。

宝くじに当たるような大きな逆転劇などではない。けれど、そんな大きな出来事がなくても、びっくりするような変化が訪れた。気が付かずにいる変化の種は身の回りにたくさん溢《あふ》れていたのだ。

　私を見つめていた一之瀬くんと目が合う。彼は慌てて一瞬目を逸《そ》らしたが、すぐにキッと私を再び見つめた。

「改めて、言わせてください。これからも、こうやって一緒に楽しくごはんを食べていきたい。たくさん食べさせて、笑顔にしていきたい。僕は、小鳥遊さんのことが好きです。新しい関係として、恋人になってくれませんか？」

　返事はもう決まっている。けれど、「はい」と頷《うなず》いてしまうと、この後の食事の味を感じられなくなってしまいそうだ。

　どうしたら伝わるだろう。

　この幸せな時間を私も続けていきたいということが。

　私は、ふと自分の持っている豆皿に気が付いた。そして、使用済みや積み上げたままの豆皿の中から、青海波、籠目《かごめ》、扇の形をしたもの、木瓜皿を取り出し、彼の前に並べた。これでは足りないだろうかと考え、桜が描かれたもの、空色の釉薬《ゆうやく》のかかったもの、紅葉の絵付け皿、雪輪紋を選んで、彼の前に置いた。

「寒くなってきたら、一之瀬くんのおでんも食べてみたいな」

　一之瀬くんは、自分の前に並べられた皿と私を見比べ、おでん……と呟《つぶや》いたところで、ハッと息を呑《の》んだ。

永遠を祈る吉祥紋と、春夏秋冬の豆皿たち。そこに、これからも二人のごはんが続いていくようにという願いを盛り付けた。

「冬は、鍋三昧《なべざんまい》もいいですね」

「お鍋！　シメを食べることに憧《あこが》れていたんだ……！」

私が感動に身を乗り出すと、彼は嬉《うれ》しそうに笑い、金継ぎの豆皿を差し出した。

「明日《あした》も、一緒にごはんを食べてくれますか？」

「もちろん」

明日ここに載っているメニューは、なんだろう。

受け取った豆皿の上に、彩られる幾千の料理が見えた。

本書は書き下ろしです。

23時《じ》の豆皿《まめざら》ごはん

石井颯良《いしいそら》

令和6年 12月25日　初版発行

発行者●山下直久

発行●株式会社KADOKAWA
〒102-8177　東京都千代田区富士見2-13-3
電話　0570-002-301（ナビダイヤル）

角川文庫 24321

印刷所●株式会社暁印刷
製本所●本間製本株式会社

表紙画●和田三造

●お問い合わせ
https://www.kadokawa.co.jp/（「お問い合わせ」へお進みください）
※内容によっては、お答えできない場合があります。
※サポートは日本国内のみとさせていただきます。
※Japanese text only

ISBN 978-4-04-115043-6　C0193

角川文庫発刊に際して

角川源義

第二次世界大戦の敗北は、軍事力の敗北であった以上に、私たちの若い文化力の敗退であった。私たちの文化が戦争に対して如何に無力であり、単なるあだ花に過ぎなかったかを、私たちは身を以て体験し痛感した。西洋近代文化の摂取にとって、明治以後八十年の歳月は決して短かすぎたとは言えない。にもかかわらず、近代文化の伝統を確立し、自由な批判と柔軟な良識に富む文化層として自らを形成することに私たちは失敗して来た。そしてこれは、各層への文化の普及滲透を任務とする出版人の責任でもあった。

一九四五年以来、私たちは再び振出しに戻り、第一歩から踏み出すことを余儀なくされた。これは大きな不幸ではあるが、反面、これまでの混沌・未熟・歪曲の中にあった我が国の文化に秩序と確たる基礎を齎らすためには絶好の機会でもある。角川書店は、このような祖国の文化的危機にあたり、微力をも顧みず再建の礎石たるべき抱負と決意とをもって出発したが、ここに創立以来の念願を果すべく角川文庫を発刊する。これまで刊行されたあらゆる全集叢書文庫類の長所と短所とを検討し、古今東西の不朽の典籍を、良心的編集のもとに、廉価に、そして書架にふさわしい美本として、多くのひとびとに提供しようとする。しかし私たちは徒らに百科全書的な知識のジレッタントを作ることを目的とせず、あくまで祖国の文化に秩序と再建への道を示し、この文庫を角川書店の栄ある事業として、今後永久に継続発展せしめ、学芸と教養との殿堂として大成せんことを期したい。多くの読書子の愛情ある忠言と支持とによって、この希望と抱負とを完遂せしめられんことを願う。

一九四九年五月三日

角川文庫ベストセラー

知らない記憶《こえ》を聴かせてあげる。　石井颯良

川越仲人処のおむすびさん　石井颯良

あけびさんちの朝ごはん　石井颯良

向日葵のある台所　秋川滝美

ひとり旅日和　秋川滝美

丹羽陽向に届いた叔父の遺稿だという1本のテープ。あるトラウマからそれを聞けない陽向はプロに頼もうと、音谷反訳事務所を訪れる。ところが事務所の店主である音谷久呼から依頼を断られてしまい……⁉

川越仲人処に勤める桐野絲生は仕事に悩む3年目社員。あるとき処長の久世から「この方の面倒を見て」と託されたのは、何故か白うさぎで⁉　神様見習いと悩み多き人間の凹凹コンビがあなたのご縁を結びます！

職・家・恋人なしの明日彼方は、従姉の葬儀で、両親を失ってしまった幸希と咲希のきょうだいを引き取ることを宣言。居候先へ連れ帰った警戒心MAXの子どもたちとの仲を繋ぐカギは、おいしい朝ごはん⁉

学芸員の麻有子は、東京の郊外で中学2年生の娘とともに暮らしていた。しかし、姉からの電話によって、その生活が崩されることに……「家族」とは何なのか、改めて考えさせられる著者渾身の衝撃作！

人見知りの日和は、仕事場でも怒られてばかり。社長から気晴らしに旅へ出ることを勧められる。最初は尻込みしていたが、先輩の後押しもあり、日帰りができる熱海へ。そこから旅の魅力にはまっていき……。